Wataru Watari
Illustrations Ponkan⑧
5
W0469628

SOMMAIRE

Personnages :

Hachiman Hikigaya..........	Le personnage principal. Lycéen en première à la personnalité retorse.
Yukino Yukinoshita...........	Présidente du Club des Volontaires. Brillante élève à la beauté éblouissante, mais au caractère glacial.
Yui Yuigahama...................	Camarade de classe d'Hachiman. A tendance à s'inquiéter de ce qu'on pense d'elle.
Yoshiteru Zaimokuza.........	Otaku. Pense qu'Hachiman est son fidèle compagnon.
Saika Totsuka...................	Membre du club de tennis. Adorable, mais…
Saki Kawasaki...................	Camarade de classe d'Hachiman. Elle ressemble un peu à une délinquante.
Shizuka Hiratsuka.............	Professeure de japonais. Conseillère d'orientation. Célibataire.
Komachi Hikigaya.............	Petite sœur d'Hachiman. Collégienne.
Taishi Kawasaki.................	Petit frère de Saki Kawasaki. Fréquente le même cours privé que Komachi.
Haruno Yukinoshita...........	Grande sœur de Yukino. Étudiante à l'université.
Kamakura..........................	Chat de la famille Hikigaya.
Sablé.................................	Chien de la famille Yuigahama.

design: numata rina

Sujet pour les vacances d'été :
Recherche libre

Les mystères des feux d'artifice

Komachi Hikigaya

Quand on pense été, on pense feux d'artifice !
À Chiba, les feux d'artifice sont populaires ☆
Dans ce devoir, j'évoque les mystères des feux d'artifice.

1

◆ **Comment la couleur fonctionne dans les feux d'artifice ??**

★Un procédé appelé test de flamme permet de donner de la couleur à un feu.

2

◆ **C'est quoi un test de flamme ?**

★Quand on enflamme des métaux
alcalins ou alcalino-terreux, comme
de l'alliage de cuivre ou du sel, il
se produit une réaction indiquant la
couleur spécifique à chaque élément
métallique. Une analyse qualitative
des métaux est utilisée pour la colo-
ration des feux d'artifice. Il paraît.

★Par contre, si mon grand frère se
trouve à côté de moi, mon monde
prend tout plein de couleurs à chaque
fois, ça fait grimper mes points en
flèche !

3

◆ **Plusieurs tests de flamme.**

★Ci-dessous, j'ai essayé de réunir des tests de flamme représentatifs. ☆

- Lithium – Pourpre
- Sodium – Jaune
- Potassium – Lilas
- Calcium – Orange-rouge
- Strontium – Rouge foncé
- Baryum – Vert-jaune
- Cuivre - Cyan

On trouve aussi du chlorure
de sodium. Grosso modo, tant
qu'on a de la poudre, on a des
couleurs ! On peut en acheter
dans une supérette et même
récupérer des points en donnant
sa carte de fidélité ! Ça fait un
max de points Tsutaya !

4 ◆ Comment retenir les tests de flammes ?

★ Si ça sort en contrôle, une chanson permet de retenir facilement les tests de flamme !!

- Lithium [Li] – Rouge
- Cuivre [Cu] – Bleu-vert
- Baryum [Ba] – Vert
- Fer [Fe] –

Ce n'est pas un test de flamme ♪
La force motrice est le cheval-vapeur ♪

◆— En conclusion

En se servant du test de flamme, il est sans doute possible de comprendre la véritable essence d'un métal ou d'une substance ! Paradoxalement, il est sans doute même possible de comprendre les véritables intentions et les sentiments d'un enfant attiré par un feu en employant le test de ce dernier ! Mais le cœur de ceux qui se réjouissent d'un feu d'artifice étant généralement sale, il ne vaut mieux pas les connaître !

« Il explose ! PAF !
Le feu d'artifice tout sale. »

1

Soudain, la tranquillité de la **famille Hikigaya** s'effondre

Je manie un notebook tout en restant allongé sur le plancher.

La recherche libre est pratiquement terminée. Ensuite je dois la mettre en forme, et elle sera vraiment finie.

Je dis ça, mais ce n'est pas ma recherche libre. Mes devoirs du lycée sont essentiellement des problèmes de mathématiques dans un livre. J'ai copié les réponses pour en finir rapidement. Comme je compte aller dans une fac d'art privée, pas besoin des mathématiques.

Cette recherche libre appartient à ma petite sœur : Komachi.

Cette dernière a étudié pour ses examens à en tomber de fatigue et s'en remet en dormant à côté de moi. On dirait un de ces chats domestiques super chers de Kamakura qui donnent des coups de patte en l'air.

Si ça se trouve… Elle veut que je lui chope les pattes ?!

Je peux bien lui accorder cette faveur, pendant sa période d'examens. Il serait tout à fait logique de penser que cette action n'a aucun sens. Mais on parle de Komachi, il vaut mieux raisonner autrement.

L'éthique et la logique sont des concepts sans intérêt. Le kanji de *petite sœur* s'écrit avec les radicaux de *femme* et de *toujours*.

Autrement dit, une femme avec un début et un futur. Puis un jour ou l'autre, elles connaissent toutes une fin. On peut aussi parler d'alpha et d'oméga.

L'origine et la fin. On parlerait alors d'une forme évolutive ultime de toutes les femmes. S'élever au sommet de celles-ci revient à devenir la meilleure créature de l'humanité et ne peux pas m'opposer à un tel adversaire. J'établis ici même la théorie de la plus puissante des petites sœurs.

Pour cette raison, j'ai réalisé en grande partie la recherche libre de Komachi. Pour quelle raison… ? Eh bien, celles d'étudier comment utiliser les autres, et d'entretenir un réseau qui peut aider. C'est là aussi une forme d'étude !

Je tapote sur le clavier tout en y songeant, et termine ce rapport agréable et débile.

Bien, il ne me reste plus qu'à écrire le nom Komachi Hikigaya.

Et enfin, la touche entrée : À toi de jouer ![1] Je presse la touche, j'enregistre le document, et je pousse le notebook vers Komachi.

— J'ai fini, tu songeras à vérifier.

— Hmm…

Komachi roule sur le plancher pour venir à côté de moi.

Elle acquiesce en regardant l'écran, puis sa tête se fige.

— Grand frère…, dit-elle, en ouvrant doucement la bouche.

C'est la voix la plus basse que j'ai eue à entendre jusque-là. Son visage souriant est relativement effrayant.

— Qu'est-ce que c'est… ?

— Je… Je pensais écrire du Komachi…, réponds-je par mégarde, quelque peu confus.

En entendant ma réponse, les épaules de Komachi frissonnent.

— Du « Komachi »… C'est… C'est comme ça que tu me vois, grand frère… Je suis choquée ! Mais grave choquée !

1 Référence à *YuGiOh!*.

Komachi se prend la tête entre les mains et se roule par terre. Comme je la trouve mignonne, je l'observe un moment. Elle se relève alors soudainement en me pointant du doigt.

— Ça me ressemble pas du tout ! Les deux dernières phrases font clairement penser à toi !

Je vois. Donc ce n'est pas bon… En fait, je m'en doutais un peu. Ce qui veut dire que la première moitié lui ressemble bien. Ça me surprend.

— D'accord, je vais corriger. Je vais m'en occuper, ça ira, oui, oui, je vais m'en occuper. C'est pas mon boulot, mais je vais me taire et le faire.

— Prends pas tes airs de laquais nonchalant avec moi !

En colère, Komachi pose les mains sur ses hanches. Mais elle pousse un soupir, comme si elle lâchait l'affaire, puis grommelle en réfléchissant à la situation.

— De toute façon, c'est mon devoir, alors je vais m'en charger. Merci d'avoir fait tout ça.

Devant cette attitude louable, j'ai moi-même envie de m'y mettre sérieusement. J'aurais peut-être faire comme ça depuis le début, peu importe combien c'est fatigant. Ça ne me ressemble pas.

— Je… Comment dire… Je me suis lassé dans la deuxième moitié… Désolé. Je vais t'aider du mieux que je peux.

À cet instant précis, les yeux de Komachi se mirent à briller comme ceux d'un yamapikaryâ, le chat sauvage d'Iriomoté. Le yamapikaryâ !

— Je savais que tu allais dire ça grand frère ! C'est pour ça que je t'aime !

— Oui oui, moi aussi je t'aime, je t'aime, je t'adore, je t'aime !

Comme toujours, elle explose ses points Komachi. Je décide de m'en occuper, même si c'est barbant. De toute façon, après avoir fait autant de recherches, je pourrais bien rédiger ça moi-même.

Tandis que je note les explications, le chat se pointe en traînant la patte et s'assoit courageusement devant l'écran.

Pourquoi les chats se dressent devant la télévision ou grimpent sur le journal…

— Komachi.

— Bien reçu !

Komachi se déplace de manière stratégique pour éliminer Kamakura.

Une fois attrapé, il se débat et tente de s'enfuir. Après tout, les poils de chat sont lisses et glissants.

Puis quand Komachi relâche sa vigilance mais en le tenant fermement par la peau du cou, elle se met à le brosser de la tête à la queue, le tout en chantonnant à tue-tête.

— Fuhuhu, c'est donc toi le méchant chaton qui nous déranges, mon grand frère et moi ! ☆

— Vu son âge, c'est déjà un vieillard…

D'ailleurs, il a quel âge ? Il est arrivé chez nous il y a quatre ou cinq ans. Si on convertit en âge humain, alors il devrait pas être loin de Mlle Hiratsuka. J'aimerais lui présenter notre chat.

Je remets à Komachi le fruit de sa recherche libre, pouvant enfin m'occuper de mes affaires.

L'horloge est sur le point d'indiquer 11 heures. Je dois me préparer pour me rendre à mes cours d'été.

Je suis en train de me changer pour être plus présentable, quand l'interphone se met à sonner.

Serait-ce ma nouvelle livraison d'Amazon ? Tu espérais faire ton ninja en me livrant pendant mon absence ?

J'attrape mon tampon accroché à la porte d'entrée, puis j'ouvre la porte. Là, je me retrouve face à une personne inattendue[2].

---

2 Les Japonais signent les colis avec un tampon à leur nom, qu'on appelle *inkan*.

— Ya… Yahallo !

Ses cheveux bruns forment comme une boule de dango[3] et ses vêtements sentent l'été. Un sac de voyage se trouve entre ses deux mains. Yui Yuigahama se tient là, immobile, tout en observant les environs avec vigilance.

— Oh, hé…

Ce spectacle surprenant me fige quelque peu. On continue à s'observer l'un et l'autre tout en se demandant ce qu'on devrait faire.

En parlant de personnes qui se pointent jusque devant le palier, je songe à ce bougre de livreur, ou à la vieille voisine qui vient distribuer son prospectus sur le bon maintien du voisinage. Alors forcément, qu'une camarade de l'école puisse venir empiéter sur ma vie privée, ça me pose problème. Ce serait comme tomber sur une gazelle dans un aquarium. Les gazelles, on les trouve dans la savane, ou bien sur le ring dans un épisode de *Kinnikuman Nisei*[4].

— Qu'est-ce que tu fais ici ? demandé-je d'une voix faussement calme alors que je tiens fermement la porte grande ouverte.

C'est la deuxième fois que Yuigahama vient chez moi. La première fois, c'était pour me remercier après cet accident de la route. Bien qu'on ne se soit pas directement vus.

— Dis-moi… Est-ce que Komachi est ici ?

Donc elle est là pour voir Komachi.

— Komachi, ton amie est là ! l'appelé-je comme maman le ferait.

Komachi arrive en trottinant, changée en moins de temps qu'il ne faut pour le dire. Dis, tu ne portais pas qu'un t-shirt y a pas deux secondes ?!

— Bienvenue à la maison, Yuigahama ! Vas-y entre, je t'en prie !

---

3 Friandise sucrée en forme de petite boule.

4 *Kinnikuman Nisei* est une série d'animation adaptée du manga *Kinnikuman* (Muscleman), écrit et dessiné par le duo Yudetamago.

— D'accord, merci. Dé… Désolée du dérangement…

Malgré cela, elle pousse une légère inspiration, comme hésitante à entrer chez quelqu'un, et franchit enfin la porte d'un pas décidé.

C'est pas un donjon non plus…

Une fois dans la maison, Yuigahama regarde partout d'un air étrange (ou curieux ?). *Écoute, tu ferais mieux de ne pas toucher à cet ours en bois.*

Les maisons des autres sont comme des zones mystérieuses, la quatrième dimension. On subit tous un choc culturel en découvrant une culture différente de la nôtre. Les escaliers, les fenêtres, les murs, toutes ces choses inhabituelles parviennent aux yeux de Yuigahama qui lâche ses « Ouah ! Là : Wow ! » C'est un peu chiant…

Même en se rendant dans le salon au deuxième, Yuigahama observe partout sans se tenir tranquille. Puis quand ses yeux se posent sur la bibliothèque, elle l'observe fixement.

— Ouah ! Y a plein de livres ! S'exclame-t-elle en faisant glisser ses doigts sur les rayonnages.

— Mon papa et mon grand frère adorent les livres, alors la quantité ne fait qu'augmenter constamment, répond Komachi.

Sa voix vient de la cuisine, près du comptoir.

Je ne trouve pas qu'on en a une si grande quantité, mais bon, comme elle n'est pas du genre à lire…

Le fait qu'un invité vienne chez nous est extrêmement rare.

Comme nos parents travaillent tous les deux, on ne fréquente pratiquement aucun voisin. Notre famille est à la pointe de notre génération. Quand un voisin nous salue en sortant dans la rue, on ne connaît que son nom.

À cause de ça, je ne sais jamais comment réagir quand on reçoit de la visite. Pas ma faute si j'ai l'air d'un idiot qui ne connaît pas les bonnes manières. Il se pourrait que je doive jeter des cendres sur la tablette mortuaire de mon père. Oh non, il aurait l'air d'une figure éminente. Personnellement, je m'en fiche, mais ceux qui disent fièrement qu'*Edison éprouvait des difficultés pour étudier à l'école* ne savent ni étudier, ni rien faire d'autre. C'est qu'une anecdote.

— Hum…

Je tire une chaise, suggérant à Yuigahama de s'asseoir.

N'étant pas habituée à une telle hospitalité, rien ne se passe. J'ai l'air d'un garçon de la campagne tendant un parapluie à une citadine sous la pluie.

— Wow ! On dirait une maison hantée chez toi ! dit-elle soudainement.

— Ah, merci.

Puis quand Yuigahama s'assied doucement sur la chaise, Komachi revient de la cuisine et pose une tasse devant elle. Les glaçons dans le thé d'orge s'entrechoquent.

— Dis, pourquoi es-tu venue ici ? demandé-je, ne comprenant pas la raison de sa visite.

Elle montre du doigt le sac de voyage posé sur ses genoux, qui semble lui être précieux.

— En fait, c'est à propos d'un souhait concernant Sablé que j'ai demandé à Komachi…, dit-elle en l'ouvrant.

Aussitôt, une créature poilue, maudite et difficile à décrire en jaillit avant de ramper vers moi. Elle a des poils marrons, des yeux ronds, des petites pattes, et une queue remuant dans tous les sens sans jamais s'arrêter. Cette créature, d'ordinaire sublime si les temps n'avaient pas changé, est un chien.

Sablé, le chien de Yuigahama, me prend pour cible. Tu me prends pour Friskie mon petit ou bien ? Il se met à galoper vers moi de toutes ses forces.

Sablé, attaque, charge ! C'est très efficace ! Hachiman ne peut plus combattre !

Après m'avoir démoli en me sautant dessus avec entrain, je l'attrape tandis qu'il me lèche la figure. Je le soulève, mais sa queue balaie mon champ de vision.

— Qu'est-ce qu'il me veut, lui… Tiens ? Ce chien n'a pas les poils plus courts qu'avant ?

J'ai l'impression qu'ils sont plus courts que lorsque je l'ai vu deux mois auparavant. Je me demande s'il a utilisé la lance de la bête récemment[5].

— Ah, c'est parce que Sablé est un chien à poils longs en temps normal, alors je lui ai fait une coupe pour l'été.

— Aah…

Il aurait été plus judicieux de lui faire des somersault kicks, des uppercuts et des screw pile drivers[6]…

— Et donc, pourquoi tu es venue avec ce petit chien ?

Même en le relâchant, Sablé me tourne autour des jambes sans sembler vouloir me lâcher d'une semelle. Il persiste tellement que ça commence à me saouler, surtout niveau aboiements.

Je me plains du regard auprès de Yuigahama.

— Sablé, viens par ici, l'interpelle-t-elle.

Elle le prend dans ses bras et le caresse tendrement.

— Ma famille part en voyage, dit Yuigahama.

Un voyage en famille… J'ai l'impression d'entendre une expression empreinte de nostalgie.

Je pense qu'on n'entend plus cette expression quand on devient lycéen, mais d'un autre côté, je n'ai personne avec qui en parler.

— Vous êtes proches dans votre famille. Moi, par contre…

— Tu te mets juste à l'écart tout seul, grand frère, répond aussitôt Komachi.

---

5 Référence à *Ushio to Tora*, un manga de Kazuhiro Fujita.
6 Techniques utilisées dans le jeu *Street Fighter*.

— C'est lui tout craché…, laisse échapper Yuigahama dans un murmure effrayant.

On dirait presque qu'elles me témoignent du respect. Quoiqu'elles sont en train de me juger ? me demandé-je, mais elles ne font que me prendre en pitié…

— Ce n'est pas ça… Il y a eu une fois où j'ai dit que je ne voulais pas y aller quand j'étais au collège. Puis j'ai simplement arrêté de les accompagner par la suite, voilà tout.

Non pas que j'étais en pleine période de rébellion, mais l'idée d'aller en voyage avec ma famille me faisait un peu honte. Du coup je refusais, mais ça plaisait à mon crétin de père…

— Et donc, en quoi ce voyage nous regarde ?

— Ah, je me demandais si vous pouviez vous occuper de Sablé durant mon voyage… ? demande Yuigahama en me montrant un air de chien battu.

En temps normal, je suis le Japonais qui refuse systématiquement les requêtes. Mais il devient difficile de rejeter celle-ci en voyant Komachi caresser Sablé tout sourire.

Pour autant, je ne peux en aucun cas répondre deux fois *oui* et *oui* gentiment. Je peux lui répondre une fois, mais pas deux.

— Il serait préférable qu'on ne s'en occupe pas pendant ton absence…

Non seulement elle a plusieurs amis, mais il y a aussi ces hôtels pour animaux domestiques qui remplissent bien cette tâche, depuis peu.

— Yumiko et Hina n'ont pas d'animaux domestiques. Au début, j'ai voulu demander à Yukinon, mais elle m'a dit qu'elle était très occupée chez elle en ce moment…

L'espace d'un instant, Yuigahama hésite en montrant une mine inquiète. De toute façon, Yukinoshita n'est pas douée avec les chiens, alors je suppose qu'elle refuserait même sans vivre chez ses parents…

I
葉

Quoiqu'aussi surprenant que cela puisse paraître, elle pourrait dire : *Laisse-moi m'en occuper !* et l'appâter timidement. Tandis que j'imagine agréablement la scène, Komachi remarque le silence de Yuigahama et s'empresse de lui poser une question.

— Qu'est-il arrivé à Yukinon ? Demande-t-elle.

Yuigahama hésite à répondre. Puis elle tourne son regard peu confiant vers moi.

— Hum… Hikki, tu as contacté Yukinon ?

— Nope, je ne connais pas son numéro.

Je n'élève pas de pigeons voyageurs, et je ne balance pas de bouteilles à la mer, donc je ne peux pas la contacter. Elle demande également à Komachi, qui lui répond non en secouant la tête.

— Je lui ai envoyé plusieurs messages, et je l'ai appelée, mais…

— Il lui est arrivé quoi ?

— Quand je l'ai appelée, je suis tombé sur son répondeur, puis j'ai reçu un message. Elle est super lente pour répondre en envoyant un message… Le contenu et sa réaction sont plus doux qu'à son habitude… Puis quand je l'invite à sortir, elle est toujours occupée pour une raison ou une autre…

— Haha…

Elle ne fait que t'éviter, je réagissais pareil aux messages de mes camarades du collège, pensé-je lui dire avant d'y renoncer.

En fait, ça ne veut pas dire que Yuigahama ne peut pas deviner qu'on s'éloigne d'elle. Elle est même douée pour lire entre les lignes et s'adapter. Un élément aussi basique ne pouvait sûrement pas lui échapper.

— J'ai peut-être fait quelque chose qu'il ne fallait pas…, dit Yuigahama en riant faiblement.

— N'y prête pas trop attention. Peut-être qu'elle est juste très occupée chez elle. Tout reviendra à la normale quand les cours reprendront, dis-je avec ardeur quand bien même cela ne me ressemble pas.

Dire des choses convenables sans fondement est ma spécialité. J'ai comme envie d'inventer l'expression « débiter des mensonges par milliers » pour remplacer le simple « débiter un chapelet de mensonges ».

Mais ce n'est pas tout à fait un mensonge. Elle a l'air vraiment très occupée chez elle.

— C'était début août, il y a plus de deux semaines, au moment des séparations après le camp de vacances.

La grande sœur de Yukinoshita, Haruno, est venue pour la ramener chez elle. Depuis lors, on ne l'a plus revue.

Mais de voir les sœurs monter dans ce véhicule, et ce chauffeur prendre le large me ravive des souvenirs, comme un flash-back.

Il y a environ un an et demi, Yuigahama et moi avons eu un accident après nous être rencontrés par hasard. Le chauffeur d'un véhicule était en cause. Je ne sais pas s'il s'agit du même que j'ai vu cette fois-là. Mes souvenirs les relient ensemble dans le flou.

Je ne peux pas le confirmer. Il n'y a ni témoignage, ni déclaration, ni justification, rien.

Seul le temps s'écoule au cœur de cette atmosphère brumeuse.

Même en l'encourageant convenablement, Yuigahama semble encore soucieuse.

— Tu as sans doute raison…

— Non, je ne sais pas…

— Qu'est-ce que tu me chantes ? T'es trop relax, s'exclame-t-elle tout en souriant.

Mais je n'en sais vraiment rien.

Je ne sais rien de Yukino Yukinoshita.

Bien entendu, je la connais superficiellement. Des informations comme son nom, son visage, qu'elle a des bonnes notes, qu'elle ne laisse personne s'approcher d'elle, qu'elle aime les chats et Mr. Pan, qu'elle fait dans le sarcasme et qu'elle s'absente souvent.

Mais ça s'arrête là.

Connaître une personne ainsi ne signifie en aucun cas qu'on y prête attention. Je ne cherche pas à comprendre mon entourage, tout comme ils ne cherchent pas à me comprendre. Je ne dois pas l'oublier.

Que faut-il pour pouvoir dire que l'on connaît quelqu'un ?

Tandis que je me perds dans mes pensées, j'entends un petit couinement désagréable.

En y prêtant attention, ce couinement devient soudainement plus grave. Sablé et Kamakura tournent autour de Komachi, comme engagés dans une bataille d'intimidation.

Kamakura déploie une barrière, intimant à Sablé de ne pas s'approcher. Mais Sablé la détruit à l'aide d'un laser d'amour, puis lui court après.

Komachi ne cherche pas spécialement à les arrêter. Elle les observe en souriant joyeusement.

Cette situation va continuer longtemps comme ça… ?

— Ah, hahaha. Je… Je suis désolée, dit Yuigahama l'air confus en voyant que j'en ai par-dessus la tête. Je songeais à l'emmener à un hôtel pour animaux domestiques, mais ils sont pleins, beaucoup de gens partent en voyage durant cette saison.

— C'est là que j'interviens, grand frère ! s'exclame Komachi en frappant son poing contre sa petite poitrine, avant de se pavaner.

D'où sort-elle cette confiance soudaine ? Elle se prend pour la capitaine d'un navire ?

Ah, elle a l'air d'avoir échangé beaucoup de messages avec Yuigahama, la proposition serait apparue au cours de la conversation.

— Si on ne le fait pas, alors on n'aura pas d'autre occasion pendant l'été. C'est une chance, dit Komachi en donnant l'impression d'avoir des étoiles brillantes plein les yeux.

Mais je me laisse plutôt distraire par l'utilisation de l'expression favorite de Zaimokuza. Serait-ce les conséquences de mes actions ? Je vais me sentir mal si elle est devenue populaire… Comme une véritable victime.

— Si Komachi dit que ça lui convient, alors je n'y vois pas d'inconvénient…

Ma petite sœur a du tact. Elle a sans doute préparé les démarches auprès de notre mère. Si elle conquiert maman, alors il ne lui reste qu'à conquérir le papa-gâteau à sa petite fille.

Dans la famille Hikigaya, l'aîné ne possède aucun pouvoir décisionnaire. L'ordre hiérarchique se définit comme tel : d'abord maman, puis Komachi, ensuite papa, puis moi. Ah, et bien entendu, à la plus haute place se trouvent les chats ! Ils ne voient les humains que comme des domestiques.

— On peut en prendre soin, mais il mange quoi ? Pita-ouaf ? Frontline ? Hé, ce ne serait pas du Pedigree, quand même ? On n'est pas si riches chez nous, tu sais !

— Comment se fait-il que tu en saches autant… ? D'ailleurs, Frontline, c'est un antipuces ! Tu commences à m'inquiéter…, dit Yuigahama en révélant sa crainte et son dégoût.

Komachi se met à rire pour nier cela.

— Ne t'inquiète pas. On a élevé un chien, il y a longtemps.

— C'est… C'est vrai ?

— Ouais…

Je dis ça, mais ça remonte à très loin. Mes souvenirs sont vagues. Et j'ai comme l'impression que c'était soit mes parents, soit ma sœur qui en prenaient soin le plus souvent.

Yuigahama manifeste un sourire un peu chaleureux.

— Ouah, ça me surprend un peu.

— Mon grand frère adore les chiens et les chats. Ce qu'il n'aime pas, ce sont les gens…

Tu me prends pour le détective d'un monde spirituel[7] d'une

7 Référence au manga *Yu Yu Hakusho de* Yoshihiro Togashi.

autre ère ou quoi… ?

Mais dans tous les cas, ce que dit Komachi n'est pas nécessairement faux. En effet, ce n'est pas que je déteste les chiens et les chats, ils rentrent même dans la catégorie des espèces que j'apprécie.

En particulier les chats.

Mesdames, Mesdemoiselles et Messieurs, j'aime les chats. Mesdames, Mesdemoiselles et Messieurs, j'adore les chats. J'aime les american shorthairs. J'aime les calicos. J'aime les sphynx. J'aime les ragdolls. J'aime les american curls. J'aime les scottish folds. J'aime les persans. J'aime les singapuras. J'aime les bleus russes.

Qu'ils soient au fond d'une ruelle ou d'un neko-chigura[8] en paille, sur un arbre à chats, sur un frigo, sous un lit, sur la rambarde d'une véranda, dans une boîte en carton ou un sac en papier, sur le dos des gens, sur une couette…

J'adore tous les chats présents sur Terre.

En fait, je ne peux pardonner à quiconque exerçant des sévices sur les animaux. J'aimerais que tous ceux qui ne prennent pas soin de la vie meurent. Je déteste tous ceux qui ne prennent pas soin de la vie !

Tandis que je suis plongé dans mon grand discours superflu, Yuigahama se met soudainement à rire.

— Me voilà rassurée. Sablé a l'air d'être attaché à Hikki.

— Ne te fais pas trop d'espoir. Je suis plus du genre à ce qu'on prenne soin de moi que l'inverse. Autant dire que je suis un pro quand il s'agit de me faire entretenir.

On m'élève depuis déjà dix-sept ans, je ne me vois pas vivre autrement. Ma personnalité ayant été modelée par la puberté, elle est définitive.

Sablé fait le foufou, allongé sur le dos juste à côté de moi. Après avoir répondu à Yuigahama, Komachi le chipe.

8 Maison pour chat en forme d'igloo.

— Laisse-moi m'occuper du petit Sablé s'il te plaît ! Je le ferai si bien qu'il ne pourra plus se passer de moi ! s'exclame ma petite sœur, pleine d'assurance à l'idée de voler Sablé à sa propriétaire.

— Ce serait bien ennuyeux... Mais oui, je compte sur toi, répond Yuigahama en baissant rapidement son visage inquiet.

Elle regarde alors sa montre pour vérifier l'heure.

— Ah, je dois y aller. Ma mère et les autres m'attendent.

— Je te raccompagne, alors !

Tout en les lorgnant du coin de l'œil tandis qu'elles descendent les escaliers, je fouille le sac de voyage que m'a confié Yuigahama. À l'intérieur, je découvre les affaires pour m'occuper du chien, à commencer par de la nourriture. Elle est de la marque Science. Mènerait-il une vie plus saine que la mienne... ?

Le Sablé en question flaire partout en tournant dans toute la pièce. Ah, il réagirait à l'odeur du chat ?

En parlant de Kamakura, je me demande quand il s'est barré. Il nous regarde du haut du frigo d'un œil fatigué.

Il n'a pas l'air de détester Sablé, ni de s'y intéresser. Ne sachant pas comment l'approcher, il ne fait que se méfier en prenant ses distances.

Je me souviens de quelque chose en le voyant prendre comme du recul.

Je m'en souviens bien, car c'était le jour de l'anniversaire de Yuigahama.

Lors d'une éclaircie en pleine saison des pluies. Il y avait une fille. L'embrasement du soleil couchant se reflétait outrageusement dans son dos. Elle souriait tristement.

À ce moment, elle avait sûrement tracé une ligne.

Celle-ci indiquait qu'elle était différente de nous autres victimes.

Que dénotait cette frontière ?

Je commençais enfin à comprendre.

Portable d'Hachiman

De : Hachiman — 19:45
Objet : Re
Rien n'a changé en une journée tu sais. Tu serais pas surprotectrice ?

De : Hachiman — 19:50
Objet : Re3
Je n'vais pas m'en servir. D'ailleurs, je me demande ce que je dois faire. Est-ce que je dois faire attention à quelque chose ? Si je ne connais pas son point fort et son point faible, je ne pourrai pas prendre des mesures en cas de soucis…

De : Hachiman — 19:55
Objet : Re5
À plus.

De : Hachiman — 19:58
Objet : Re7
Alors, son point faible ?

De : Hachiman — 20:00
Objet : Re7
Idiote ^^

One day...
Mobile talk
Hachiman&
Yui

Portable de Yui

De : ☆★ Yui ★☆ 19:23
Objet : Aucun
▽• w •▽ Bonsouaf ! Sablé va bien ?

De : ☆★ Yui ★☆ 19:48
Objet : Re2
On dirait que tu es en colère si tu n’utilises pas d’émoticone.
(・ω・’)

De : ☆★ Yui ★☆ 19:55
Objet : Re4
Son point fort... Son corps ? (’ ・ω・)

De : ☆★ Yui ★☆
Objet : Re6
Attends ! Oublie ce que je viens de dire ! ε (° Д ° |||)

De : ☆★ Yui ★☆
Objet : Re8
Ses pieds. (｡’ ω ‘｡)!

De : ☆★ Yui ★☆ 20:01
Objet : Re10
Ton émoticone m’énerve !

2

Comme prévu, je n'arrive pas à me souvenir de **Saki Kawasaki**

C'est le début d'un après-midi pendant les vacances d'été.

Le nombre de personnes dans le train est plus faible qu'en temps normal.

Je passe devant plusieurs stations, descends à Tsudanuma, franchis le contrôle des tickets, tourne à droite, puis file au milieu de la foule de gens.

À l'école préparatoire Sasaki de Tsudanuma se tiennent des cours d'été destinés aux premières au lycée. En général, les élèves qui se présenteront aux examens commencent déjà à prendre des dispositions à ce moment.

Cela dit, on est encore en première au lycée. L'ambiance laisse deviner qu'il reste de la marge.

Si on était en terminale, il y aurait de la tension dans l'air. Certains se feraient même expulser de la classe parce qu'ils dormiraient en plein cours. Après quoi, le lecteur les accompagnerait à une sorte de salle d'accueil en se fâchant sérieusement, et leur tuteur tenterait plus ou moins de les raisonner, demandant s'ils souhaiteraient changer de cours… Je l'ai découvert sur Internet.

La salle d'université privée des élites, à destination des premières, est déserte.

Il y a des cours les cinq jours ouvrables de la semaine. Les élèves se réunissent dans deux classes pour l'anglais et le japonais, ainsi qu'un cours facultatif de sociologie.

Concernant la sociologie, j'ai déjà assisté à tous les cours les jours précédents. Alors à partir d'aujourd'hui, j'ai prévu d'assister aux cours d'anglais et de japonais.

Comme personne n'a remarqué mon arrivée, je m'installe sur le siège le plus proche de la porte.

Généralement, on réserve les sièges du fond aux hôtes de marque. Leur valeur est déterminée quand les plus grandes factions campent dessus. Comme se mêler à eux risque d'impliquer une immense souffrance, je choisis de m'installer soit tout devant, soit en plein milieu de classe. Même les sièges situés aux extrémités à l'avant sont des points morts idéaux. Dans ce cas, choisir la solitude est la meilleure option. Certes, il est un peu difficile de voir ce qui est écrit au tableau, mais il devient plus facile de se concentrer. D'ailleurs, c'est justement parce que personne ne vient me parler que je dois inéluctablement me concentrer en cours. Bien entendu, c'est une aubaine.

Je sors sans plus attendre mes manuels et mes cahiers et je décide de comater, poing contre menton, jusqu'au début du cours.

J'attends en fixant mon emploi du temps tout en observant des groupes d'amis discuter joyeusement.

L'été prochain, cette douce ambiance devrait disparaître.

Tout comme lors des examens d'entrée au lycée.

Ceux qui reçoivent une recommandation sont traités de manière scandaleuse, et ceux qui réussissent sont insultés en douce. Je suis pratiquement certain qu'il va se passer quelque chose de similaire en passant en terminale. Ce schéma se répétera aussi dans la vie active quatre ans plus tard. Le caractère des gens ne change pas, que cela soit en trois ou en sept ans.

Il faut mettre le passé de côté et regarder devant. À commencer par les examens d'entrée à l'université.

Ceux qui s'y mettent tôt se tournent désormais vers les examens de cet été, c'est le même déclic que pour un interrupteur. La cible : le test du Centre national des admissions universitaires. Je dois me focaliser dessus… Restons concentré… Je dois me concentrer sur le test d'admission… Tout en simulant l'examen, une silhouette apparaît dans le coin de mes yeux creux.

— *Crétin ! Je ne peux pas voir mes ennemis derrière la fumée de cette explosion !*

Cette voix en colère me sort d'un coup de ma torpeur.

Ses cheveux bleu nuit attachés descendent jusqu'au milieu du dos. Elle a le regard avenant et un corps gracieux, une chemise en denim à manches mi-longues, un mini-short par-dessus un legging, et une sacoche sur l'une de ses épaules. Sa démarche n'a pas l'air très inspirée, si bien que ses sandales frottent par terre.

Cette jeune fille passe devant moi puis s'arrête. Trouvant ce mouvement peu naturel, je tourne mes yeux vers elle.

— T'es là aussi…, dit-elle d'une voix endormie, en me jetant un regard froid. Une larme apparaît sous son regard maussade.

J'ai l'impression de la connaître. Qui est-elle, déjà…

— Je dois te remercier, donc merci.

Je ne comprends absolument pas pourquoi elle me remercie, mais elle n'a pas l'air de faire erreur sur la personne. Le fait de parler à un solitaire n'arrive pas souvent. Sauf en cas d'accident, personne ne leur parle.

— C'est toi qui m'as parlé des bourses d'études, non ? J'en ai obtenu une. Taishi aussi a fait de son mieux.

Un mauvais souvenir me revient en entendant ce nom. Après vérification de ceux de ma liste noire, je trouve Taishi Kawasaki. Hoho, ce ne serait pas l'insecte venimeux qui s'approche de Komachi ?

Est-ce qu'elle a un lien avec lui ?

Je regarde ses cheveux bleu nuit, puis je remarque quelque chose.

Le bleu ! Kawa… Kawagoé ? Kawashima ? Kawaragi… Bon, ça fonctionne avec tout. C'est Kawa-truc !

Elle est tellement bleue que je l'ai prise pour Gagaga Bunkô…

— Nope, tu as obtenu cette bourse d'étude par tes propres moyens.

Puis en commençant à discuter avec elle, je me rappelle son nom. Saki Kawasaki.

— Tu as raison, mais Taishi ne fait que parler de toi… Bref, passons, je tenais à te remercier quand même, déclare-t-elle sur un ton obligé.

Puis elle file.

Elle est brusque, mais Saki Kawasaki est comme ça, du genre à se divertir seule et refuser le contact. Ça crée comme une mauvaise aura autour d'elle.

Malgré ça, elle est venue me parler de son plein gré et donne l'impression de s'être considérablement adoucie. Prenant conscience de ce changement, je me mets à la suivre du regard.

Elle s'installe sur un siège situé trois rangs derrière moi, puis sort son portable et le manipule. À en juger par le mouvement de ses mains, je suppose qu'elle rédige un message.

Un sourire apparaît soudainement sur son visage.

Aah… Elle sait sourire. Elle qui est soit apathique, soit agressive pour un oui ou pour un non ou intimidante… Bref, pas un visage que l'on souhaite voir à l'école. D'ailleurs, je ne me souviens pas tellement l'avoir vue à l'école. Entre solitaires, la base, c'est de pas se causer.

Mais alors que j'observe un fait rare, nos yeux se croisent.

Son visage rouge me transperce du regard. Elle fait trop flipper ! Sérieux, j'en ai des courbatures aux épaules ! Je m'efforce de tourner aussitôt la tête afin d'échapper au regard de Kawasaki.

Douce, mes fesses ! Elle pourrait au moins s'adoucir un minimum en venant dans cette prépa. Arrondis les angles de ta tête carrée, je sais pas !

* * *

Après le cours d'anglais, nous avons quelques minutes de pause. Je descends les escaliers pour m'acheter un Max Café au distributeur à boissons et retourne dans la salle de classe tout en le buvant à petites gorgées.

Ceux qui suivent le même cours que moi passent leur temps à leur guise en jouant avec leur portable, en lisant un livre, ou en grimaçant à la découverte des textes du cours de japonais moderne qui va bientôt commencer.

En général, les personnes seules sont nombreuses. Dans cette situation, les solitaires représentent cette foule de gens, ce qui est différent dans une école normale.

Cette situation était aussi différente, si ce n'était singulière, à l'époque du collège, quand je me rendais aux cours privés.

Ces derniers ne sont finalement que le prolongement de l'école. Après tout, ceux qui ne se sentent pas à leur place au collège voient cette ambiance se renforcer aux cours privés. C'est ce cercle vicieux qui m'agace le plus.

Mais grâce à cela, on s'acharne à se mettre au top de la classe. Plus on progresse, plus le calme s'accroît dans la salle d'étude, et plus la capacité à maîtriser le cours et le niveau de connaissance des élèves augmente.

Maintenant que j'y pense, j'imagine qu'ils traînent ensemble pour avoir une raison de se contenter du plus bas niveau.

Renoncer à faire des efforts sous prétexte qu'ils se font des amis leur permet de se relâcher et d'utiliser cette amitié comme excuse. Un peu comme ces couples souhaitant aller ensemble au collège et accordant leur niveau, réduisant ainsi les chances d'intégrer le lycée de leur choix.

À ce moment-là, les conversations que j'entendais dans la classe me jetaient un froid.

S'ils étaient sincères, alors ils n'auraient pas dû se gêner, ni se choyer… Mais ils se contentaient de se prélasser dans la paresse du quotidien.

D'ailleurs, j'ai eu vent d'une rumeur au sujet de leur séparation deux mois après leur arrivée dans le même lycée. Leur douleur ne devait pas se résumer qu'à un ou deux côtés de leur abdomen, ça ressemblait plutôt à une péritonite. Et ils voudraient nous faire croire que c'est une erreur de jeunesse ?

C'est peut-être parce que je les observais de loin, mais leur amour ne me semblait pas dépasser le stade de l'apparence.. Passer pour un bouc émissaire avec ce type d'excuses me file la nausée, c'est juste de l'hypocrisie. C'est précisément sur ce point que je trouve les prépas intéressantes.

Les élèves s'abstiennent avec modération, tout le monde est indifférent avec tout le monde. Concernant les études pour les examens, ils éliminent minutieusement les méthodes inutiles, permettant d'optimiser efficacement les résultats. À l'époque de mes cours privés au collège, il y avait cette ambiance type du professeur et des élèves qui s'entendent bien. C'était absolument terrible… La plupart des élèves s'appelaient par leur prénom. Quant à moi, on ne m'appelait que par mon nom de famille…

En prépa aussi, les professeurs et les élèves peuvent faire copain-copain. Prenez le système des tuteurs, par exemple. En gros, ce sont des étudiants ou des étudiantes d'université travaillant à mi-temps pour aider les élèves. Ils ne font pas que les aider sur les sujets qui pourraient sortir aux examens, ils ont aussi l'air de discuter en privé sur le parcours à suivre, entre autres. Comme dans une série se passant à l'école, avec des professeurs et des élèves super excités à l'idée de passer les examens.

De base, l'ambiance en prépa est cool et solide. Certes, on peut ressentir de la froideur si on y est enclin mais je trouve ça confortable.

Par contre, on y trouve des types comme Hayama, qui vont papoter bruyamment jusqu'au début des cours, comme pour attirer tout le monde dans la classe.

On trouve ce genre de lifes partout (rire). Si je traçais une carte de leur répartition, elle ressemblerait sûrement à un rassemblement de poux et de cloportes. Je ne sais pas pourquoi ils veulent accéder à une existence aussi banale.

Bon sang, ils forment des colonies... Et ils sont actifs pendant l'été, précisément comme des insectes. Pour moi qui déteste les insectes, cette saison est pénible.

* * *

Je suis assailli par un sentiment d'abattement unique en son genre à la fin du cours, sans doute la preuve de quatre-vingt-dix minutes de concentration.

La fatigue due aux études est différente de la fatigue agréable du sport. J'ai l'impression que ma tête s'embrume peu à peu. Presque tout le glucose dans mon cerveau a été utilisé. Si je n'avais pas bu de Max Café, je me serais retrouvé dans un sale état. Tone Coca-Cola Bottling ferait mieux de collaborer en proposant des produits aux candidats d'examens. Il pourrait faire des profits.

Les cours sont terminés, je commence à me préparer pour rentrer.

Pour un solitaire, c'est le meilleur moment de la journée.

Fort heureusement, la ville de Tsudanuma est raisonnablement développée pour le divertissement. Il y a de très nombreuses librairies et salles d'arcade. Un lycéen ne risquerait pas de s'ennuyer.

Je vérifie si j'ai assez d'argent pour savoir si je rentre ou si je vais me promener, quand j'entends soudainement quelqu'un taper sur le coin de mon bureau.

En me tournant dans la direction des tapotements, je tombe sur Saki Kawasaki et son air maussade. Qu'est-ce qu'elle veut ? *Parle si tu as quelque chose à dire ! Tes parents sont des pics-verts ou bien ?*

— Tu veux quelque chose… ? décidé-je de lui demander gentiment, en ressentant son aura qui me réclame son attention.

Aussitôt, Kawasaki pousse un léger soupir, l'air un peu hésitante. Mais qu'est-ce qu'elle veut, à la fin ? *Me parle pas si tu peux pas m'encadrer !*

— Dis, tu es libre après les cours ?

— Nope, je suis un peu occupé.

Sans m'en rendre compte, j'ai refusé le plus naturellement du monde. Pour ma part, décliner une invitation est presque instinctif. C'est comme ne pas répondre à un numéro inconnu, une action logique de la société actuelle.

Généralement, tout le monde part après avoir simplement répondu : « Euh, d'accord… » Ça arrive, s'ils le font sans plus insister, alors c'est juste de l'hypocrisie. Parfois, un refus les soulage, même. Il faut vraiment faire attention. Selon moi, on ne devrait inviter personne si c'est par pure gentillesse.

Mais Kawasaki n'a pas spécialement l'air de venir me parler par hypocrisie. Et puis, elle me donne l'impression de n'avoir aucune bienséance. Elle est du genre à parler sans filtre, même devant Yukinoshita et Mlle Hiratsuka.

Kawasaki plisse ses yeux somnolents.

— Occupé par quoi ?

— Moi, euh, bah… Je parle de ma petite sœur.

Désespéré, je sors la carte Komachi. Kawasaki hoche doucement la tête.

— Ah, cool. On peut se bouger ensemble ?

— Hein ?

Tandis que je cherche une explication, Kawasaki enchaîne langoureusement.

— Je n'ai rien de spécial à faire avec toi. Mais Taishi veut te parler. Il est aussi venu à Tsudanuma.

Ah, je vois. Le message de tout à l'heure, il était destiné à son petit frère ! Vu le sourire qu'elle arborait en même temps, elle doit être à fond sur lui… C'est l'impression qu'elle donne, oui. D'après ma sœurette à petits seins, ils arrêtent d'être mignons une fois grands.

— Désolé, je n'ai aucune raison d'utiliser mon temps libre pour aller voir ton petit fr…

— Il m'a dit que ta petite sœur est avec lui.

— Hein ? On va où, c'est loin ou pas ? Cinq minutes de marche ? On court, au pire ?

Fallait me dire ça plus tôt !

— Dis…

Son visage s'est frappé de stupeur en un instant, mais je file au plus vite sans m'en soucier le moins du monde. Kawasaki me suit en me voyant sortir de la salle de classe.

— On doit se rendre au Saizé[9] qui se trouve juste à la sortie, mais tu sais où c'est ?

— Ne te fiche pas de moi. Je connais les emplacements de tous les Saizés situés le long de la ligne Sobu.

9 Pour Saizériya, une chaîne de restaurants. Les jeunes aiment bien s'y rendre car ils ont un service de boissons à volonté, l'idéal pour rester papoter pendant deux ou trois heures.

Je sais même où se trouvait le tout premier. Saizé est originaire de Motoyawata. Il n'existe plus désormais, mais le panneau s'y trouve encore. À cette occasion, je peux même ajouter que les bureaux et le centre de la gestion du matériel de Toranoana se trouvent aussi dans les environs de Motoyawata.

Une fois l'entrée franchie, nous nous retrouvons sous la chaleur étouffante de la rue. Il n'y a pas de vent, et les rayons du soleil déformés par l'humidité nous tombent dessus.

Entre les cours, la densité de la foule qui va et vient dans les environs de la gare augmente d'un coup.

Kawasaki et moi marchons en essayant de nous faufiler dans les espaces vides au milieu des gens sans nous adresser la parole. Comme je marche en solo la plupart du temps, je suis devenu un spécialiste pour choisir les espaces vides. Ici, je suis comme un Hikki furtif sans égal !

Komachi et l'insecte venimeux se trouveraient au Saizé le plus proche.

Parfait, il y a des couteaux et des fourchettes, les armes ne manquent pas. S'il veut, je peux aussi lui jeter une assiette bouillante de riz pilaf Milano à la figure. Après quoi, je balancerais au staff un grand « C'était délicieux, merci ! », et le tour serait joué. Ils me pardonneraient sûrement. Pour finir, je pourrais lui repeindre les plaies de la bouche avec de la sauce piquante au poulet.

J'ai vraiment l'impression que ma gemme spirituelle vire au noir[10]. Argh, c'est plus fort que moi ! Si ça continue, je vais me transformer en sorcière. Il faut penser à quelque chose d'amusant. Peut-être à *Mahô Shôjo Totsuka ☆ Saika*, encore une fois ?

J'attends au feu de signalisation, impatient, quand Kawasaki m'adresse la parole, un pas derrière moi.

— Au fait, Yukinoshita prend aussi des cours, cet été.

— Ah oui… ?

Je réagis à retardement en entendant son nom.

10 Référence à la série *Mahô Shôjo Madoka ★ Magica*.

En effet, Yukinoshita souhaite se rendre dans une fac de sciences. Kawasaki semble suivre les mêmes cours. De toute façon en cette période, c'est normal de ne pas se casser la tête pour aller dans l'école de son choix. Pour ma part, étant une quiche en mathématiques, je ne peux que viser une école privée de lettres. Par la même occasion, je vise à devenir père au foyer.

— Elle est difficile à approcher, celle-là.

Et c'est toi qui dis ça... ? Plus de la moitié des filles, et même des garçons, sont effrayés à cause de ton aura flippante !

— Pourquoi tu m'regardes ?

— Pour rien...

Elle plisse ses yeux dénués d'ambition et me jette un regard perçant. Je détourne brusquement les miens. J'imagine Yukinoshita et Kawasaki dans la classe. Elles attireraient l'attention, mais personne ne les approcherait.

Leurs caractères se ressemblent, mais dans le fond, ils sont totalement différents.

L'agressivité de Kawasaki ne lui permet pas de communiquer correctement, mais j'ai l'impression qu'il y a une raison plus profonde. C'est typiquement celle qui ne parle pas beaucoup. Pour moi, elle a juste du mal à s'exprimer, d'ailleurs, ça se voit à travers l'affection qu'elle porte à son frère.

Quant à Yukinoshita, elle n'est pas du genre agressive. Son existence même est une agression, quelque part. Un être éminent est aveuglant et justement, elle évoque aussi bien jalousie que complexe d'infériorité. Pour cela, ceux qui l'entourent l'évitent en ne lui souhaitant que du mal. Mais plus embarrassant encore, Yukinoshita y fait face et les réduit à néant.

Si le comportement de Kawasaki est une intimidation lui permettant de délimiter un cadre pour se protéger, celui de Yukinoshita ressemble plus à une forme de vengeance absolue.

Le feu passe au vert.

Puis juste quand je me décide à traverser…

— Dis…, tu ne veux pas la remercier pour moi ? demande-t-elle d'une voix réservée. Je n'ai pas réussi à le faire, en fin de compte…

— Fais-le toi-même.

— Oui, tu as sans doute raison… Mais comment dire… Je vais me sentir un peu mal à l'aise…, dit-elle d'une voix légèrement craintive.

Je regarde Kawasaki. Elle marche en fixant ses pieds.

— Il existe des personnes avec qui on ne peut pas devenir ami, même s'ils ne sont pas méchants.

— Oui.

En effet, il y en a.

Voilà pourquoi s'abstenir est un compromis idéal. Pour que tout se passe bien entre deux personnes, il faut d'abord choisir de ne pas se mêler des affaires d'autrui.

Devenir amis, discuter en souriant, aller s'amuser ensemble, ce n'est pas une manière de s'impliquer dans la vie de quelqu'un, mais plutôt de prendre de la distance afin d'éviter toute rancœur envers l'autre. Là encore, je pense que c'est un comportement qui mérite des louanges.

Yukinoshita se reflète sans doute ainsi aux yeux de Saki Kawasaki.

Il faut bien l'admettre, elle ne peut pas l'approcher. Puisqu'elles savent que se marcher sur les pieds n'apportera que des problèmes et qu'il n'en résultera que des blessures inutiles, alors elles s'efforcent de ne pas se gêner. Ce n'est pas une évasion ni une esquive, mais du respect sous forme d'action pragmatique.

— Et puis, je sens qu'on ne va pas se voir avant un moment. Si on se rate aux cours de prépa, j'imagine qu'on ne se reverra qu'au lycée. Je ne suis pas dans la même classe qu'elle, et toi tu peux la voir pendant les activités du club, non ?

— Nope, je pense que je ne la reverrai pas non plus avant de retourner au lycée.

Au moins, on ne se rencontre pas volontairement. Maintenant que j'y pense, c'est ça, ma relation avec Yukinoshita. On ne s'approche pas à moins d'y être contraints. D'ailleurs je n'ai aucun moyen de la contacter.

Après avoir traversé la route, on descend les escaliers pour se rendre au sous-sol d'un bâtiment. Nos pas résonnent légèrement.

— Et puis même si on se voit, ça ne veut pas dire qu'on va discuter ensemble.

— En effet, nous non plus on ne se parle pas, tu sais.

— Exactement !

Non mais on réagit quand même si on entame une conversation ! D'ailleurs, on est incroyablement polis l'un envers l'autre, si bien que ce trop-plein de politesse finit par devenir infect. Mais en sachant qu'une personne comme Kawasaki est solitaire, je me sens bien et me comporte convenablement, comme si on était dans le même pétrin.

On arrive au premier sous-sol.

Juste après avoir franchi les portes automatiques, je vois Komachi assise près du bar de boissons à volonté. Je la salue de la main.

— Coucou, grand frère !

— Salut…, réponds-je doucement en m'asseyant à côté d'elle.

En face, il y a ce collégien dont le nom rappelle celui de l'ambassadeur Sano Yakuyoke…

— Désolée de t'embêter, grand frère.

— M'appelle plus comme ça ou je te bute !

— Tu menaces mon petit frère, là ?

Kawasaki, qui est assise juste en face de moi, dégage une incroyable fureur.

Comment elle me fixe à fond ! C'est dégueu de la voir couver son frère autant. Ah, c'est beau les liens du sang, ou pas…

Tandis que Taishi presse Kawasaki d'arrêter de jouer la carte de l'intimidation en grognant, j'appuie sur la sonnette pour appeler un serveur afin de passer rapidement ma commande.

Je prends deux menus de boissons à volonté. Mais j'abandonne toute idée d'entartage au riz pilaf Milano en voyant à quel point Kawasaki est flippante.

Comme cela se passe dans le milieu des affaires, je me mets à siroter mon café et entame la conversation.

— Alors, il paraît que tu as quelque chose à me demander ?

— Oui, j'aimerais te poser des questions sur le lycée Sobu.

— Tu peux demander à ta grande sœur ici présente.

Saki Kawasaki et moi sommes dans le même lycée, et qui plus est, dans la même classe. Je dois m'en convaincre, au risque d'oublier.

— J'aimerais entendre l'avis d'un autre garçon !

Pour une raison que j'ignore, Taishi serre les poings. Pourquoi ça l'excite autant ?

Enfin, peu importe la passion qu'il y met, mes réponses seront sans intérêt.

— Je n'ai rien de particulier à dire. Les lycées sont tous plus ou moins pareils. Les évènements qu'ils proposent diffèrent un peu, par exemple notre festival culturel est magnifique, et nos clubs sont plutôt forts.

N'étant jamais allé voir dans les autres lycées, je ne peux pas le garantir. Mais c'est néanmoins mon impression. On pourrait sans problème mettre une grande majorité des lycées à l'emploi du temps ordinaire dans la même catégorie. Si on dégage les lycées qui proposent un emploi du temps particulier, il n'y a pas de grandes différences. En fait, l'image que je me faisais du lycée avant d'y entrer et celle que j'en aurai en sortant seront sans doute quasiment pareilles.

La seule erreur est mon entrée au Club des Volontaires.

— Hein ? Mais il y a bien des différences, comme les bonnes mœurs et les traditions du lycée, non ?

Kamochi acquiesce étrangement.

— Je suppose que si les bonnes mœurs augmentent, alors le nombre de mauvais bougres diminue. Mais il y en aura toujours pour admirer ces types.

Je glisse soudainement mon regard en biais. Kawasaki me fixe en s'en rendant compte.

— Pourquoi tu m'regardes… ? Je ne les admire pas spécialement.

Me tromperais-je ? Elle me donne pourtant l'impression de dire souvent « Pas la tête ! Vise le corps ! Le corps ! », peut-être que…

Je tousse pour ne pas me montrer subjugué par le regard de Kawasaki, avant de reprendre :

— Pour la faire courte, au collège, la seule différence, c'est le ratio des élèves. Après, tout le monde se la joue lycéen, au point que ça en devient chiant.

— Se la joue lycéen ?

Taishi se casse la tête sur quelque chose d'absolument pas pertinent.

— Je ne sais pas ce qu'ils espèrent, mais ils adoptent un rôle en admirant une vision fictive des lycéens. Sauf que c'est loin d'être aussi beau, généralement…

Sûrement qu'il existe une loi tacite les obligeant à se comporter comme des lycéens.

Règlement des lycéens :

Article 1 : Un(e) lycéen(ne) doit forcément avoir un ou une petite amie.

Article 2 : Un(e) lycéen(ne) doit être entouré(e) de nombreux amis et faire l'idiot(e).

Article 3 : Un(e) lycéen(ne) doit naturellement se comporter comme dans les séries et les films.

Les personnes s'opposant aux clauses ci-dessus doivent s'ouvrir le ventre.

Quelque chose dans ce genre-là.

Ça me rappelle le Shinsengumi, en particulier le code des samouraïs de Toshizô Hijikata, qui n'est pas un code au sens propre, mais qui a fini par être admiré par tous ceux qui se prennent pour des guerriers.

Pour concilier idéal et réalité, autant réaliser l'impossible.

Exemple, pour qu'un garçon devienne populaire, alors il doit rendre une fille heureuse, lui envoyer des mails blindés d'idioties, la gâter dans les moments critiques, et attirer son attention en parlant fort. En réalité, ils sont peut-être plus sages que ça.

Ou alors, pour qu'une fille se fasse des amis, elle doit porter des vêtements à la mode (rire), participer à des soirées rencontres, ou écouter joyeusement les tubes j-pop du moment. En réalité, elles ont peut-être des goûts plus coquets.

Mais chacun fait des efforts, car personne ne veut sortir de la *normalité*. Ils ne veulent pas s'éloigner des valeurs appréciées par *tout le monde*.

— Argh… J'ai l'impression d'avoir entendu des choses désagréables…

L'expression de Taishi s'assombrit devant mes propos.

— De toute façon, ce n'est qu'un point de vue perçu par un rebelle de la société. Si tu veux des amis, tu dois te résoudre à sacrifier quelque chose.

Il est difficile de vivre différemment des autres, mais il est tout aussi difficile de vivre comme les autres. Après tout, la vie elle-même est difficile.

— Oh, personne n'a rien à boire, chantonne à moitié Komachi pour couper court à l'ambiance quelque peu pesante, tout en rassemblant les tasses et les verres.

En réalisant qu'elle comptait aller chercher de nouvelles boissons, Kawasaki se lève aussitôt.

— Je viens avec toi. Tu ne t'en sortiras pas toute seule.

Komachi la remercie et elles filent toutes les deux jusqu'au bar.

Je les accompagne du regard.

Ensuite, Taishi lève la tête comme si quelque chose lui venait à l'esprit. Il jette un œil vers Kawasaki et Komachi, puis s'approche de moi.

— Je, euh... Je risque de demander quelque chose de bizarre..., murmure-t-il en se penchant vers moi. Tu peux me dire franchement ce que valent les filles ? Elles sont mignonnes ? Tiens, cette Yukinoshita par exemple, elle est super canon, tu trouves pas ?!

Haha, c'est donc ça qu'il voulait vraiment savoir ! J'imagine qu'il a organisé cette rencontre pour me poser cette question.

Je réfléchis un peu pour lui répondre. Mais de toute façon, j'ai l'impression que la plupart d'entre elles sont mignonnes...

D'ailleurs à l'école, j'ai l'impression qu'il n'y a que des jolies filles ou des drôles de visages agissant comme un coup de poing en pleine figure (un impact ?). Pour cette raison, je ne me souviens pas tellement des filles ordinaires.

— En effet, il y a beaucoup de jolies filles. On a une classe internationale. Quatre-vingt-dix pour cent des élèves de cette classe sont des filles. Voilà pourquoi je pense que le nombre de filles va inéluctablement augmenter. Le taux de jolies filles aussi, forcément.

— Ooh ! La – Situation – Rêvée !

Pourquoi il utilise le slogan de Bandai ? C'est pas plutôt la – Création – Rêvée dans ce cas ? Cependant, je dois rapidement le prévenir.

— Mais tu sais, Taishi…, dis-je avant de continuer d'un air confus, comme nos mères nous le disent toujours, même si tu aimes une jolie fille, ça ne veut pas dire qu'elle t'aimera en retour.

— Je… J'en suis conscient !

Les réjouissances précédentes se sont envolées je ne sais où. Taishi semble frappé par la foudre, ses yeux sont grands ouverts, comme s'il venait de recevoir une révélation.

— Le plus important, c'est d'avoir le courage d'abandonner. Si c'est non, lâche l'affaire. Un voyage de mille kilomètres ne s'entreprend que si on a le courage de laisser tomber.

Ces derniers temps, je recommande aussi : *Connais ton ennemi, connais-toi toi-même, et abandonne mille batailles.*

— Tu crois que je peux devenir ami avec quelqu'un comme Yukinoshita ?

— Bonne question… Moi en tout cas, je n'y arrive pas ! Elle me fait flipper !

Mon opinion est très franche. J'ai eu envie de lui offrir plusieurs axes. Ce n'est pas qu'une jolie fleur, mais une fleur s'épanouissant sur dans une jungle sauvage.

C'est une fille effrayante et autoritaire pour ceux qui ne la connaissent pas plus que ça. Elle donne presque l'impression d'être terriblement arrogante.

C'est ce que je pensais aussi au début. Mais… Mais notre première rencontre fortuite a eu lieu dans cette salle…

— Argh, le lycée Sobu est effrayant…

Pour une raison que j'ignore, Taishi frémit en utilisant un faux accent du Kansai. Comme il a l'air un peu un peu irrité, je décide de lui porter le coup fatal.

— Même en changeant d'environnement, ça ne veut pas dire que ça te changera, toi. L'idée que quelque chose change en entrant au lycée est une illusion. Tu ferais mieux d'arrêter de rêver.

Je commence par lui briser ces illusions absurdes ! Haha ! De toute façon, j'ai eu ma part d'espoir moi aussi. Mais une telle vie lycéenne est une lointaine utopie. Mieux vaut lui dire la vérité, par gentillesse.

— Hé, ne le persécute pas, dit Komachi à son retour.

Elle pose les verres sur la table et me donne un coup sur la tête. Tu te trompes ! Je ne le persécute pas ! Je ne fais que le taquiner un peu, murmuré-je en mon for intérieur comme un écolier en colère cherchant à se justifier. Ils disent vraiment ce genre de choses.

— Taishi, ne le prends pas au sérieux. Pense plutôt à réussir l'examen…, dit Kawasaki en s'asseyant à côté de lui.

Elle porte sa tasse à sa bouche. L'espace d'un instant, le corps de Taishi tremble. Puis il laisse échapper un cri étouffé.

— Eurgh…

— Tu as l'air d'avoir des difficultés ? demandé-je.

— Il ne l'imaginait pas aussi dur, à vrai dire. Voilà pourquoi je lui ai dit d'étudier…, répond Kawasaki à la place de Taishi à qui j'ai posé la question.

Le sermon qu'elle a ajouté lui fait baisser la tête.

— Euuurgh…

Komachi l'encourage pour sauver les apparences.

— Tout ira bien Taishi ! Même si tu ne vas pas au lycée Sobu, même si tu vas dans un autre lycée, je resterai ton amie ! Quoi qu'il arrive, je resterai ton amie !

— Peu importe ce qu'il se passe, on restera amis… C'est… C'est vrai ?

— Oui. On restera toujours amis. Des grands primates hominidés amis. ♪

Elle vient de lui donner le coup de grâce… Étant son grand frère, ça me va. Mais en tant qu'homme, je finis par compatir. Le voir acculé de la sorte, c'est un peu triste.

— De toute façon, comment dire… Tu as un but ? Quelque chose qui t'encouragerait pour te rendre dans ce lycée ? demandé-je.

Taishi lève la tête.

— Un but ?

— Ouais. Ce n'est pas pour me vanter, mais pour ma part, j'ai fait tout ce que je pouvais pour aller là où ceux de mon collège n'iraient en aucun cas. Chaque année, il n'y a qu'une seule personne de mon collège qui intègre le lycée Sobu.

— Il n'y a vraiment pas de quoi s'en vanter, en effet…, dit Kawasaki en arborant un sourire amer.

Je me demande si c'est parce qu'elle boit du café.

— Pour ma part, je veux y aller parce qu'il y a mon grand frère, dit Komachi.

— Oui, oui, j'ai compris, j'ai compris.

Après avoir traité à la légère le côté attrayant de Komachi, Taishi prend une mine sérieuse et se retourne vers Kawasaki.

— Grande sœur, tu as eu un but, toi aussi ?

Kawasaki pose la tasse qu'elle tient entre les mains.

— Je… Je m'en fiche, moi…

Elle a donné l'impression d'y réfléchir quelques instants, mais elle finit par détourner son visage.

Mais je peux deviner ses raisons. Et si elle l'en informe, cela le motiverait peut-être…

— De toute façon, si tu cherches un lycée public qui ne coûte pas trop cher, alors c'est une excellente option.

— Ne dis pas de bêtises ! s'exclame brusquement Kawasaki en me fixant.

Son visage rougi par la honte ne révèle pratiquement aucune intensité. Quelle idiote. L'intensité du regard d'une sœur adorant son petit frère n'est pas si effrayante.

Taishi acquiesce légèrement comme s'il l'acceptait.

— Je vois…

Je suis certain qu'il y a d'autres raisons.

Pas seulement Saki Kawasaki, mais aussi les autres.

Il y a ceux qui choisissent d'y venir. Et ceux qui le décident parce qu'il n'y a pas d'autre option.

Les réponses ne sont pas toutes roses, mais il vaudrait mieux commencer en mettant de côté les résultats abjects et négatifs.

— C'est décidé. Je vais au lycée Sobu ! déclare Taishi d'un air résolu.

— Dans ce cas, je te souhaite bon courage, dis-je de tout mon cœur.

Mais en y réfléchissant bien, Komachi veut aussi venir dans mon lycée.

— Si tu viens, je vais te gâter, dans le sens sumo du terme.

— C'est une menace ?

Kawasaki me regarde froidement afin de protéger Taishi qui se sent nerveux. Je jette un œil à la facture comme si je cherchais à fuir.

— Tout est bon ? Komachi et moi on doit rentrer à la maison…

Après avoir constaté à ma montre qu'il est l'heure du dîner, je sors un billet de 1000 yens de mon portefeuille, le pose sur la table, puis me lève.

Taishi répond oui, saute de son siège et me remercie en se penchant vers moi.

— Merci beaucoup, grand frère !

— De rien, de rien. Et tes chances de m'appeler grand frère se sont déjà complètement envolées tout à l'heure…

— Par là ?

En apercevant notre échange, Komachi pose l'index sur son menton en penchant légèrement la tête.

— Hmm ? Mais tu sais, si tu te maries avec Saki, ce ne sera plus bizarre pour lui de t'appeler grand frère, non ? dit Komachi nonchalamment.

Kawasaki se lève brusquement.

— Mais, elle est idiote ou quoi, ta sœur ?! Ça n'arrivera jamais !

J'entends sa voix tandis qu'elle sort du restaurant. Puis une fois certain de ne pas être entendu par Kawasaki…

— De toute façon, je me marierais pas avec une fille qui ne peut pas m'assumer, dis-je en souriant amèrement.

— Et revoilà sa stupide barrière de protection !

— Hé, arrête d'employer ce terme !

Ce n'est pas qu'une simple barrière de protection. En utilisant ces mots, je trace une ligne de protection ultime.

Même aujourd'hui.

Rien d'anormal sur la ligne de défense absolue.

Portable d'Hachiman

De : Hachiman 18:07

Objet : Re

Qui est-ce ?

De : Hachiman 18:10

Objet : Re3

Je n'ai donné mon numéro à personne. C'est pour quoi ? Et qui est-ce ?

De : Hachiman 18:15

Objet : Re5

Je n'ai rien fait de si important… Bref, qui est-ce ?

De : Hachiman 18:21

Objet : Re7

Oh, elle prend son bain.

Hachiman 18:22

Objet : Re9

Donne-moi plus de détails sur ses vêtements. Ses sous-vêtements sont avec ses vêtements, non ?

De : Hachiman 18:26

Objet : Re11

Ah ? Qu'est-ce que tu veux dire par Ah ? Genre A, comme la taille de ses sous-vêtements ? C'est pas assez, dis-m'en plus !

De : Hachiman 18:44

Objet : Re13

T'es vraiment à fond sur lui…

One day... Mobile talk Hachiman& Taishi (saki)

Portable de Taishi

De : Taishi 18:05
Objet : Sans titre
C'est Taishi Kawasaki ! Merci pour aujourd'hui !
J'ai la patate grâce à toi !

De : Taishi 18:08
Objet : Re2
J'ai clairement écrit mon nom !! C'est Taishi Kawasaki !

De : Taishi 18:10
Objet : Re4
Je t'envoie un message pour te remercier. C'est Taishi Kawasaki !

De : Taishi 18:20
Objet : Re6
Ma grande sœur m'a dit de ne pas m'embêter à t'envoyer un message, mais je tenais à te remercier convenablement. Elle prend son bain là, alors j'en profite pour le faire ! C'est Taishi Kawasaki !

De : Taishi 18:22
Objet : Re8
Tu ne demandes pas qui c'est, cette fois ?! Ma sœur sort du bain sans ses vêtements à chaque fois, c'est gênant.

De : Taishi 18:24
Objet : Re10
Ah.

De : Taishi 18:30
Objet : Re12
C'est : Ah, mais tu veux mourir ou quoi ?! Sors encore des bizarreries à mon frère et je t'éclate !

3

C'est surprenant, mais la sélection de **Saika Totsuka** est élégante

Jusqu'à quand on nous appelle jeunes ?

J'entends souvent dire que la frontière entre l'enfance et l'adulte se trouve au beau milieu de ce qu'on appelle la puberté.

Est-ce pendant le collège ? Le lycée ? L'université ?

Ou bien quand on commence à travailler ? Quand on a vingt ans ? Si c'est quand on commence à travailler, je suis bien parti pour rester un jeune garçon toute l'éternité…

En tout cas, je n'ai pas de réponse simple à fournir pour cette proposition. Mais je devrais au moins pouvoir classer cette affaire de jeune garçon en sachant que je suis vautré sur le canapé en train de regarder des dessins animés.

Toutefois, on n'est pas un jeune garçon parce qu'on regarde des dessins animés. En ce monde, des adultes remarquables regardent des dessins animés, et ils travaillent même dans ce milieu s'ils en ont envie. Mais si personne n'achète les épisodes, alors ils ne peuvent pas créer les dessins animés. C'est une évidence si l'on souhaite voir une deuxième saison. Après tout, l'industrie s'est réduite, et il est devenu difficile de créer de nouvelles productions. Alors veuillez absolument acheter les Blu-ray et les DVD s'il vous plaît !

Je me suis éloigné du sujet.

Bref, je pense qu'il est impossible de répartir les hommes adultes et les jeunes garçons en fonction de leurs intérêts.

Mais dans ce cas, que faudrait-il pour être défini en tant que jeune garçon ?

Ce qui m'a confronté à ce problème complexe n'est rien d'autre qu'un message.

Bonjour. Tu es libre demain ??

Je ne savais pas qu'une simple ligne pouvait réchauffer mon cœur à ce point. Le tout écrit dans un japonais que j'ai envie de lire à voix haute. Mieux encore, j'aimerais le chanter avec une telle vigueur que j'en recevrais un prix.

C'est ce message que m'a envoyé hier soir Saika Totsuka qui est à l'origine de ce questionnement sur les garçons.

À partir de quand, et jusqu'à quand est-on un jeune garçon ? Il est difficile de classer ce problème en fonction des titres, de l'âge et des intérêts. Et cette fois, j'en suis même arrivé à la conclusion qu'il est tout aussi difficile de le classer en fonction du sexe. Les lois de l'Univers sont perturbées.

Je manque d'un nombre important d'échantillons pour chercher la vérité.

J'ai dû rassembler des données référentielles et faire beaucoup d'efforts.

Ça s'est fini par un message de 500 caractères avec des émoticônes que je n'utilise jamais. Sans oublier le point d'interrogation à la fin.

On s'est échangé des messages pendant un court instant, mais je me suis senti euphorique. J'étais si heureux que je ne trouve pas étrange de désigner ça comme une drogue.

Dans la foulée, je l'ai invité à sortir s'amuser.

Que cela soit un problème complexe ou non n'a plus aucune importance !

* * *

Il ne reste plus beaucoup de temps avant notre rendez-vous.

Les rayons du soleil brillant du mois d'août me tombent dessus avec la puissance d'un personnage au sang chaud bouillant. Quant au vent tiède, il souffle comme souhaitant remporter la victoire avec une balle droite.

Je serais bien capable de tendre mon index insolent en l'air.

Mais je découvre une présence étincelante de mille feux. J'observe sa silhouette courir vers moi au milieu de la cohue, son cœur pur rayonne comme de la neige tombante et silencieuse…

Je suis ULTRA HAPPY en voyant cet éclat radieux tout droit venu du futur !

Totsuka arrive !

— Désolé, Hachiman ! Je suis en retard ! dit Totsuka dans sa tenue de garçon.

Comme il a couru, il laisse échapper une forte respiration, les mains posées sur ses genoux.

— T'inquiète pas. Je suis arrivé un peu en avance, de toute façon.

Trois heures en avance exactement, donc t'étais large, t'inquiète pas.

— Et puis tu n'es pas particulièrement en retard. Ça ne servait à rien de courir tu sais, dis-je pour le rassurer.

— Je vois. Mais c'est parce que je t'ai enfin trouvé, dit-il arborant un sourire radieux.

Même sous les rayons du soleil, il brille tellement que je finis par rapidement détourner mes yeux.

— Ah, alors, qu'est-ce qu'on fait ?

Lors de nos échanges par messages, je n'ai fait que l'inviter à sortir s'amuser.

On a conclu qu'on déciderait quoi faire quand on se verrait. Ce qui signifie que la situation promet de nombreux divertissements. À cause de ça, j'ai passé la nuit à réfléchir aux endroits où nous pourrions aller, aussi, je manque de sommeil.

Quand les lycéens parlent de s'amuser, qu'est-ce que cela veut dire, concrètement ? Pour ma part, je ne sais pas vraiment quelle est la stratégie à adopter.

Pour cette raison, je ne sais toujours pas ce que je pourrais lui proposer.

Mais puisque les gens se rencontrent dans les environs de la gare Kaihin Makuhari, j'imagine qu'il y a à faire.

Il y a des salles d'arcade, des karaokés, des cinémas, des circuits de courses de voitures radiocommandées au parc et puis, les magasins sont nombreux. Ce ne sont pas les divertissements qui manquent.

— Hmm, j'ai songé à plusieurs choses, mais…

Bien qu'il me pose la question, Totsuka y réfléchit un moment sans pouvoir donner de réponse immédiate.

— Je ne sais pas ce que tu aimes Hachiman, dit-il en hochant la tête.

Il a l'air de se soucier sérieusement de mes intérêts. Qu'une personne s'intéresse vraiment à moi de cette manière est rare, si bien que je finis par le regarder fixement.

En général, mes connaissances sont égocentriques… Sans parler de Yukinoshita, Yuigahama, Zaimokuza et Komachi, qui sont naïfs en ce qui concerne leurs désirs. Mlle Hirasuka, comment dire… Elle, c'est tout le contraire. Ça m'étonnerait pas qu'on adapte sa vie en série sur les profs frustrées.

Néanmoins, étant une personne ayant atteint le summum du manque d'intérêt, trouver une conclusion simple ne mène à rien si on y réfléchit pas sérieusement. Après tout, même moi je ne me comprends qu'à peine.

Mes vacances se résument seulement à glander la majeure partie du temps… Je dors jusqu'à midi… Puis même quand je me lève, je ne fais qu'aller dans les librairies et les bibliothèques.

Me sentant désolé de laisser tout le boulot à Totsuka, je décide de lui proposer un compromis à la va-vite.

— Et si on faisait un tour pour commencer ?

— D'accord. Ce sera sans doute plus rapide de décider ensemble.

L'expression *décider ensemble* me taraude un peu. Comme j'ai toujours décidé tout seul la majeure partie du temps jusqu'à aujourd'hui, ça me fait l'effet d'un vent frais. Totsuka est si gentil qu'il serait du genre à vouloir nommer notre enfant ensemble.

On marche alors distraitement devant la gare, en ce début d'après-midi.

Vu la chaleur, il serait préférable d'aller dans des bâtiments. On doit d'abord décider de la direction à prendre.

Comme on a rien de particulier à acheter, on passe par les boutiques. Les salles d'arcade… Pourquoi pas ? Je me demande si Totsuka a un intérêt quelconque pour les jeux vidéo, mais il n'a pas l'air d'être un hardcore gamer. Peut-être qu'il aime les jeux de jetons ou les attrape-peluche…

Et si on allait là-bas… ?

On décide de se diriger vers le Cineplex Makuhari, un bâtiment dans lequel se trouve une salle d'arcade qui m'est venue à l'esprit. Le nom de ce bâtiment ressemble à Aniplex, mais il appartient au groupe Kadokawa. On y trouve une dizaine de salles de cinéma, une salle d'arcade et des restaurants divers.

Une fois entrés, on file tout droit jusqu'à un espace décoré de façon électro tape-à-l'œil où résonnent des bruits de rétro-technologie.

Il n'y a pas de machines d'arcade traditionnelles, plutôt des attractions pour bouger son corps, comme des jeux de tir, de danse, de jetons, d'attrape-peluche. On trouve aussi des box pour prendre des petites photos autocollantes purikura et des jeux de fléchettes. C'est sans doute une salle d'arcade à destination des jeunes actifs. Comme il y a des lycées et des universités non loin d'ici, il ne fait aucun doute qu'ils ciblent principalement cette tranche de la population. J'imagine que les restaurants et les salles de cinéma placés les uns à côté des autres font suite à une volonté de cibler les familles.

Juste après avoir fait une fois le tour, Totsuka s'arrête soudainement.

— Qu'est-ce qu'il y a ?

Son regard reste fixe malgré ma question. Il regarde les affiches des films projetés.

— Ce film est déjà en salle…, dit Totsuka en observant avec intérêt.

— On va voir un film ?

— Ah, c'est comme tu le sens, Hachiman ! s'exclame-t-il brusquement en secouant la main.

— Ça me va, allons voir ce film. Maintenant que j'y pense, c'est la première fois que je vais voir un film avec quelqu'un qui n'est pas de ma famille. C'est cool, de temps en temps.

J'étais vraiment tout petit la dernière fois que je suis allé voir un film avec quelqu'un d'autre. Désormais, le cinéma appelé Marinpia n'existe plus, mais ma mère nous verrouillait dedans Komachi et moi quand elle allait faire les courses.

C'est au collège que j'ai commencé à aller tout seul au cinéma. Et vu qu'il y en avait un près de chez nous, j'avais ce qu'il me fallait quand je voulais sortir traîner sans but particulier.

Totsuka réfléchit silencieusement, puis me regarde avec réserve.

— Ça te convient ?

Je n'ai qu'une réponse à sa question.

— Ouais.

Ma première fois se fera avec Totsuka !

* * *

Étonnamment, Totsuka a choisi un film d'horreur.

On indique nos places au comptoir[11] et on prend nos billets.

25E et 25F. Totsuka et moi sommes voisins vers le fond.

On achète du pop-corn et du coca, puis on se dirige vers la salle après qu'on nous a arraché le talon du ticket.

C'est les vacances d'été, mais seulement pour les étudiants. Les adultes qui travaillent n'y vont toujours qu'en fin de semaine. Par conséquent, il n'y a pas foule dans la salle.

Paradoxalement, les étudiants sont les clients principaux des cinémas, mais il y a quand même des couples débiles qui s'amusent joyeusement dans des coins libres.

J'ai l'impression d'entendre Miura parmi le brouhaha. Sûrement mon imagination. Pourquoi ce genre de déchets se ressemblent tous de visage comme d'allure ? Je n'arrive pas à les distinguer ! C'est des clones ou quoi ?

Et plus ils parlent de personnalité, moins ils en ont. Ces types-là ont un pois chiche à la place du cerveau.

Après, euh… Même s'il m'arrive de mal juger quelqu'un, il y a un type qui porte un manteau alors qu'on est en plein été. Il est assis dans la première rangée et grogne comme un grizzli. C'est un bon exemple.

11 Au Japon, on choisit l'endroit où s'assoir au moment d'acheter le ticket.

J'écoute mon instinct m'intimant de ne pas le regarder, et décide de chercher nos places.

J'avance en regardant les numéros au fil des rangées, ressentant cette petite tension et cette sérénité qui surviennent avant que le film ne commence. Étant entré avant moi, Totsuka a trouvé nos places et me l'indique en agitant sa main, sûrement pour ne pas élever la voix dans la salle.

Je me cale au fond du siège et pose ma main sur l'accoudoir. C'est une action éhontée et imperturbable, à l'image d'un grand démon.

Puis je sens légèrement une douceur sur ledit accoudoir.

— Ah, désolé…

Je m'aperçois que j'ai touché quelque chose en entendant son excuse. C'était la main de Totsuka. Le toucher de l'ange !

— Non, c'est moi ! Je suis désolé ! m'exclamé-je tandis qu'on retire nos mains en même temps.

— …

— …

On évite chacun le regard de l'autre, ce qui donne lieu à un silence étrangement inconfortable.

Je jette alors un œil vers Totsuka et vois ses épaules courbées vers l'avant, son visage tourné vers le bas, comme s'il était embarrassé — Mais on est tous les deux des garçons. —

Au sein de cette salle climatisée, je ressens une légère chaleur désagréable. Mais on est tous les deux des garçons.

En tournant mon regard vers lui, je remarque qu'il a fait de même, comme si tout était calculé…

— Ah, tu peux t'en servir Hachiman, dit Totsuka d'une petite voix, comme s'il chuchotait.

— Ça ira, je suis droitier. Je vais me poser du côté droit ! Ça va aller ! On dit que la main gauche ne sert qu'à accompagner après tout !

Pour une raison que j'ignore, je me mets à sortir des excuses d'un air confus.

En les entendant, Totsuka glousse tout en disant : « Tu es bizarre. »

— Dans ce cas, que dis-tu de la moitié ? demande-t-il d'un air réservé en posant légèrement son coude sur un tiers de l'accoudoir.

— Je… D'accord…

Je pose ma main droite, bien que nerveux.

Aah ! Ma main gauche ! Elle nage en plein bonheur !

Hourra, que vive la paix sur terre !

S'il y avait une centaine de Totsuka en ce monde, les guerres n'existeraient plus. Les marchands d'armes seraient au chômage. Le stress disparaîtrait. Ça serait comme les effets de la lavande.

Pour cette raison, même le voleur de films[12] qui m'agace depuis toujours n'est pas apparu aujourd'hui.

***

Le film approche de son point culminant.

Du moins, c'est ce que je pense… Je n'en suis pas certain. Concernant le sujet, oui, mais j'ignore combien de temps s'est écoulé depuis le début. Peut-être une ou deux heures, ou même pas dix minutes.

Le bon temps passe trop vite. L'émotion quant à elle, c'est pire.

La conception du temps change selon le point de vue des spectateurs.

— Ouaaah !

Quand la robe blanche de la revenante en 3D surgit brusquement, Totsuka s'accroche à mes vêtements tandis que ses épaules tressaillent.

12 Allusion à un petit film anti-téléchargement, diffusé avant la projection dans toutes les salles de cinéma japonaises.

Ah, ça surprend ! Ah là là, j'ai cru que mon cœur allait s'arrêter ! Il est trop mignon…

Même surpris, il est mignon. Il est Totsukadorable.

Après quoi, la revenante en robe blanche se met à ramper en saccadé. À chaque fois, Totsuka déglutit et pousse un petit cri.

Nan mais ce film est trop flippant. À tel point que je risque pas seulement de dévier, mais d'emprunter la route Totsuka pour de bon. S'il finit par me prendre complètement dans ses bras, mes jambes ne tiendront plus. Je risque de tomber en avant.

Mon cœur grince et mon sang donne l'impression de s'écouler aussi violemment qu'une coulée de boue. Au cas où, je vais devoir passer à un DAB. Tiens ? C'est pas celle de l'ETC ? Ou l'EVA ? Bon, peu importe. On dirait que le film est bientôt fini.

En faisant de mon mieux pour ne pas penser à Totsuka, je décide de traverser la salle de cinéma du regard. En réalité, je veux compter les nombres premiers pour me calmer. Que cela soit affligeant ou non, et bien que je sois plutôt intéressé par les sciences humaines, je lâche l'affaire en me demandant si le chiffre 0 en est un ou non.

L'air conditionné de la salle est désagréablement froid. Et comme il fait sombre, les circonstances s'avéraient optimales pour regarder un film d'horreur.

Finalement, les crédits ont commencé à défiler sans que je comprenne absolument rien à l'histoire du film.

Totsuka et moi les regardons avant de nous lever.

Malgré cet arrière-goût constant, on sort à petits pas.

— C'était cool ! J'étais si excité que j'en ai la gorge sèche.

— Ah, j'ai soif moi aussi.

À cause de mon étrange nervosité, j'ai non seulement la gorge sèche, mais également les épaules raides.

On se faufile dans le courant humain jusqu'à la sortie. À partir de là, un escalier nous mène à l'extérieur.

Les rayons du soleil, enfin à basse altitude, sont bloqués par les bâtiments. Un vent frais souffle légèrement entre les silhouettes.

— On se repose un peu ? demandé-je en indiquant un café situé plus bas.

Totsuka hoche la tête.

Même si des personnes sortant du même cinéma que nous y entrent, il reste suffisamment de place pour deux personnes. Après être entrés, on passe rapidement nos commandes.

— Je… je prendrai un café glacé.

— Ah, dans ce cas, moi aussi.

— Hum, un café glacé me convient aussi.

Ayant tous les trois commandé un café glacé, on n'a pas eu à attendre longtemps. Après les avoir pris, on s'est installés sur les sièges les plus proches.

Pour commencer, j'ai pris un café noir, car j'apprécie l'arôme et le goût original du café. Le goût amer me tient éveillé. J'y ajoute du lait et du sirop. Ça en fait un café noir RX[13]. Oui, j'aime le café sucré !

Après en avoir avalé une gorgée, on pousse tous les trois un léger soupir.

Tous les trois ?

— Attends une seconde…

— Hein ?

— Hm ?

Fais pas genre ! Je parle de toi, là, toi !

Un individu suspect aux airs d'ours avec un manteau est assis avec nous comme si c'était tout à fait normal. Oui, c'est l'impression qu'il donne.

13 Référence à la série *Kamen Rider Black RX*.

— Euh, t'es qui déjà ? Shinkiba ?

— C'est Zaimokuza ! répond Totsuka d'un air sérieux.

— Zaimoku ou Zaimokuya, peu importe ! Tu sors d'où comme ça ?! T'es un insecte ou quoi ? Un charançon ?

Ou bien un anthrène bigarré des tapis ?

Zaimokuza aspire très très très fort à la paille, puis lève la tête.

— Hum, je vous ai vus dans la salle de cinéma. J'ai essayé de vous appeler, mais je suis arrivé ici en vous suivant. On dirait que mon camouflage optique reste au point, même aujourd'hui.

— Ou plutôt que tout le monde t'a ignoré.

De toute façon, si je ne l'ai pas vu, c'est parce que je ne faisais que regarder Totsuka.

— Zaimokuza, ça fait un bail ! dit Totsuka.

— Euh, oui c'est vrai, mwahahaha !

Zaimokuza lui répond en riant nerveusement. D'ailleurs, le naturel de Totsuka est superbe... Et puis, s'il peut parler avec moi, il peut même parler avec Zaimokuza.

— Tu as vu ce film ?

— Affirmatif. Mais le film était raté... L'horreur malsaine typiquement japonaise a disparu. On dirait qu'elle s'est bizarrement américanisée, perdant sa noblesse pour flatter le grand public. C'en est réduit à du cinéma de série Z... Pfiou ! Personnellement, même si je dis que je regarde des films d'horreur, je ne parle pas de tous ces films typés hollywoodiens destinés à distraire le grand public, mais plutôt de ceux avec des personnages un minimum originaux pour les fans de films d'auteur. J'imagine que je suis influencé par Lafcadio Hearn. Dobfo ! J'ai fini par balancer ma culture de maniaque. Toutes mes excuses ! Fokanupô ! Je crois bien que je suis un otaku. Mais je ne suis pas un otaku kopô !!

Le voilà qui recommence... Ces rêveurs ont étrangement tant de connaissance du monde occulte que ça en devient gênant. À côté, ils ont aussi des connaissances basiques d'écrivains comme Yakumo Koizumi et Izumi Kyôka, ou de folkloristes comme Kunio Yanagita et Shinobu Orikuchi. Pourtant, ils ont cette triste habitude d'étaler cette connaissance au compte-goutte.

J'écoute Zaimokuza à moitié, mais Totsuka est attentif jusqu'à la fin. Sa gentillesse est telle que je ne m'étonnerais pas de le voir gagner de l'argent avec.

— Je vois. Mais moi j'aime bien ce genre de film.

— Hum, moi aussi.

— HEIN ?!

Il retourne sa veste en moins de temps qu'il ne faut pour le dire. Son retournement de veste a été si rapide qu'on pouvait le voir briller.

— T'es incroyable, toi, tu sais ! Tu viens d'utiliser l'insolence des politiciens moyens…

— Arrête, veux-tu, Hachiman. Qu'as-tu pensé du film ?

— Tapageur et facile à comprendre. Mais je ne peux pas dire s'il était intéressant ou non.

Au beau milieu, je n'ai fait que regarder Totsuka, alors je ne sais pas vraiment de quoi parle le film.

— Oui, il y a eu des passages turbulents genre PAM PAM PAM ! Ça m'a beaucoup surpris ! J'ai cru que mon cœur allait s'arrêter.

C'est *mon* cœur qui est sur le point de s'arrêter. Forcément, quand je vois Totsuka se donner du mal pour en parler tout agitant les mains pour rejouer la scène.

— Eh bien, pour moi qui ne ressens plus la peur, ce n'était rien. Mais cette revenante était moins flippante que cette *personne dont on ne doit pas prononcer le nom*. Foy !

Zaimokuza se met à trembler au beau milieu de la phrase. On dirait qu'il se la joue comme Malefoy se remémorant la peur qu'inspire Lord Voldemort. Quant à la personne qui me fait le plus flipper, je ne peux penser qu'à Yukinoshita.

— Ah, ouais en effet. Elle est moins flippante que Yukinoshita.

— Hachiman, c'est horrible de dire ça. Mais oui, elle me faisait un peu peur, au début…, dit Totsuka en prenant soin d'accentuer *au début*. Puis il ajoute à demi-voix : C'est peut-être parce qu'elle est honnête et sérieuse qu'elle fait peur.

— La franchise, ça peut faire peur. On ne sait jamais ce qu'elle veut dire.

Mais que ce soit un film ou autre, ça ne veut pas dire qu'on ressent les mêmes émotions.

Elles peuvent se ressembler un minimum.

D'ailleurs, le fait qu'elles peuvent se ressembler prouve aussi qu'elles peuvent différer.

On ne voit que ce qu'on veut vraiment voir.

Alors il existe autant d'interprétations que de personnes en ce monde, aussi bien sur les films que sur les gens.

Voilà pourquoi comprendre ou chercher à comprendre est présomptueux. Croire que l'on a compris est une faute morale.

Malgré ça, on ne peut pas vivre sans faire semblant de comprendre.

Comprendre ou entendre une explication permet de clarifier les doutes, ou de devoir passer sa vie à corriger les autres.

C'est comme ça qu'on doit agir, à moins de disparaître dans les ténèbres.

C'est quelque chose d'incertain et vague, mais comme la gestaltpsychologie, plus on réfléchit, moins on comprend.

Chaque fois que tout s'effondre, on recueille de nouvelles informations pour restructurer notre image et celle d'autrui. Comme un phénomène de simulacre, quelles que soient les informations recueillies, tout ce qui en résulte, c'est une image primitive et puérile.

Dans le cas de l'horreur, le mot seul suffit à expliciter.

Soudainement, la clim' du restaurant me donne froid. J'essaie de me débarrasser de mes tremblotements en haussant les épaules.

Je porte alors mon verre à la bouche avant de réaliser qu'il est vide et le repose, l'air résigné.

— Mais j'ai passé un bon moment, dit Zaimokuza. Maintenant je peux à nouveau me concentrer sur mon manuscrit. Ah, Hachiman, tu… Tu veux voir mon manuscrit ?

Ne me regarde pas comme ça en rougissant. T'es pas mignon du tout !

— Seulement si tu l'as terminé. Tu l'as avec toi ?

— Hm, évidemment. Les auteurs peuvent travailler quand ils veulent et où ils veulent. Je porte constamment sur moi des outils pour écrire, un notebook, un pocket mémo, une tablette et un smartphone.

Ouais, il y a des types comme lui qui se motivent rien qu'en transportant leurs machines.

Totsuka montre du respect à ce Zaimokuza qui se vante inutilement.

— Alors, tu veux dire que tu passes tes journées à écrire ton manuscrit ?

— Je ne sais pas si on peut dire qu'il y passe ses journées…

Zaimokuza peut bien l'affirmer, mais il n'y passe absolument pas ses journées. Les types qui se prennent pour des écrivains ou qui argumentent sur des œuvres littéraires n'écrivent jamais de manuscrit. Je ferais mieux de prévenir Totsuka de ne pas bêtement admirer Zaimokuza. Quoiqu'un coup de poignard serait peut-être plus efficace.

Ce dernier ronchonne, comme s'il ressentait mon hostilité.

— Hapon ! Quelle impolitesse. Je ne tiens pas à entendre cela venant de toi. Je suis sûr que tu n'as encore rien fait, Hachiman.

— On peut dire ça. J'ai pris des cours d'été, et j'ai aussi réalisé une recherche libre.

— Hein ? On a un devoir comme ça à faire ? demande Totsuka d'un air surpris.

Vu son état, il doit certainement être soulagé d'avoir fini tous ses devoirs.

— Nope, c'est pour ma petite sœur.

— C'est pour la petite Komachi ? Je vois, t'es un gentil grand frère, Hachiman.

— Pas vraiment. Si c'était le cas, je lui dirais de s'en occuper toute seule…

— Dis, tu as fait quoi comme recherche ?

— J'ai seulement mis ensemble ce que j'ai trouvé sur le Net.

— Hein ? Et ça lui suffit ?

— Hum, c'est libre, alors cela ne devrait pas lui poser problème. À l'inverse, si tu en fais trop en t'y mettant sérieusement, son entourage risque de tomber fou amoureux d'elle.

— Exactement. Komachi est une jeune fille, après tout. Alors je ne dois pas y mettre autant de sérieux.

La seule et unique demande de Komachi était de ne pas sortir du lot par rapport aux autres. N'empêche que c'est cruel de me demander ça alors que je sors plus du lot qu'un Dhalsim[14] flottant dans les airs. Ton grand frère vole tellement dans les airs qu'il ne serait pas étrange de l'appeler Grand frère de l'espace[15]…

Enfin, maintenant qu'on en parle, je me souviens que mon entourage se moquait de moi quand je travaillais à fond mes recherches libres. J'aurais vraiment aimé qu'ils arrêtent de se la raconter comme ça près des casiers au fond de la classe.

---

14 Personnage du jeu *Street Fighter*. Mais la phrase en japonais joue également avec le kanji 浮, qui évoque à la fois le sens de flotter et celui de ressortir du lot.
15 Référence au manga *Uchû Kyôdai* (*Space brothers*).

— En tout cas, ça a l'air difficile de s'en occuper de cette façon. Je ne peux pas m'imaginer utiliser des nouvelles techniques, dit Totsuka en se sentant un peu nostalgique.

Il serait rare d'y songer même quand on dit qu'on peut faire les choses de diverses manières. On n'est pas dans *Hatsumei Boy Kanipan*[16] après tout.

— Dans ces cas-là, les tests de QI visent surtout à évaluer nos capacités créatives et non scolaires.

— C'est ta particularité Zaimokuza, non ? Tu vises à devenir écrivain.

— Je ne vois pas en quoi son QI est élevé…

— Hom, dans mon cas, j'ai plutôt un QE élevé. Je suis hypersensible.

Le QE se rapporte au quotient émotionnel.

C'est mon opinion, mais ceux qui évoquent le QE quand on parle de QI ont tous un QI faible, sans exception aucune. Quant à ceux qui parlent d'E.T., ce sont des Spielberg. Mais si on parle de DE, alors c'est un Pelé[17].

— Au fait, des types ont parlé de Mini 4WD[18]. Ils disaient vouloir en construire.

À l'instant où j'ai dit ça, Zaimokuza a eu un sursaut. Il commence alors à transpirer pour une raison que j'ignore. C'est quoi ce délire, une imitation de crapaud ?

— Euh, hein ?! Euh… Hahaha-Hachiman, on est allés dans la même école ?

— Tu me demandes ça, toi aussi… ? Reprends pas ta vraie nature comme ça sans prévenir !

---

16 Série d'animation réalisée par Hiroshi Ishidori, dont le personnage principal est un petit garçon qui invente des objets à partir de n'importe quoi.

17 Le footbolleur brésilien a été l'image publicitaire d'une célèbre pilule bleue contre les dysfonctionnements érectiles.

18 Petites voitures de course motorisées à 4 roues motrices créées par la firme Tamiya. Elles sont très populaires auprès des écoliers qui en font même des compétitions officielles.

Je préférerais que tu retournes dans ton nid.

— Moi aussi je jouais aux Mini 4WD !

— Ça me surprend…

— Hein ? Pourquoi ? Je suis un garçon, moi aussi…, dit Totsuka en gloussant.

J'essaie d'imaginer Totsuka en train de jouer aux Mini 4WD quand il était petit garçon, mais pour je ne sais quelle raison, je le vois en caleçon long, t-shirt, avec une casquette sur la tête. Il devait sûrement être mignon comme tout à l'époque. Oups, rectification, il est mignon aujourd'hui aussi. Il est si mignon qu'on devrait l'intégrer dans le *Konjaku monogatari*[19] et l'enseigner à l'école.

— Hamon ! Mais rien ne rivalise avec mon Broken G. Je l'ai d'ailleurs équipé d'un véritable marteau de fer. Quiconque se frotte à lui de face se fait détruire à coup sûr.

— C'est complètement débile de faire ça… Grr, je… Enfin, je dis ça mais j'ai équipé mon Beak Spider avec une lame de cutter… Puis j'ai aussi attaché une épingle sur mon modèle Ray Stinger.

— Mais c'est dangereux ! gronde Totsuka.

Zaimokuza et moi nous regardons l'un l'autre.

— Ne t'inquiète pas, c'est juste pour s'amuser tout seul.

— Oui, les solitaires ne peuvent blesser qu'eux-mêmes.

— Interdiction de se blesser.

— Oui…

Devant la gravité de son regard, on finit sérieusement par regretter.

— Hum, je suis d'accord… Ce… Cependant, je peux faire des réglages ! Si je fais une course avec quelqu'un, ma voiture file aussi vite que le vent !

Je lui ris au nez en entendant cette déclaration.

---

19 Recueil d'anecdotes écrit pendant la période Heian (794-1185).

— Ah… Tu crois pouvoir gagner contre moi ? Avec mon Beak Spider ? Son corps léger et refroidi à l'air est équipé de roues à sens unique de petit diamètre, de pneus Reston, et d'un convertisseur de couples tuné pour décupler la vitesse. J'ai aussi ajouté une bille pour la stabilité et un convertisseur en aluminium pour maîtriser sa grande vitesse quand elle bloque ! J'appelle ça la théorie de la vitesse supérieure !

Étant tout seul, je ne l'ai jamais essayé. De toute façon, on ne m'a jamais acheté de circuit… J'en avais fabriqué un en carton, mais le ruban adhésif ne tenait pas, du coup la voiture ne roulait pas correctement.

Après avoir écouté mes propos, Zaimokuza m'adresse un sourire intrépide.

— Kukuku ! C'est le comble de l'analphabêtise si tu as mis un convertisseur en aluminium… Son poids ne peut que lui être fatal !

— Qu'est-ce que tu m'chantes ! Mon Beak Spider déploie sa puissance en maintenant son centre de gravité au plus bas !

— Ho… Dans ce cas, que dirais-tu d'un duel pour nous départager ?

Zaimokuza et moi nous fixons ardemment du regard. Je manque même lancer un : En avant ! MAGNUUUM ! en brandissant mon poing en l'air. Attends, c'est pas Galactica, plutôt ?

Alors qu'on se fixe sans rien dire, une voix vient soudainement briser le silence.

— Ah, c'est cool, ça ! Moi non plus je n'y ai pas joué depuis longtemps. J'étais super rapide avec mon Avante ! — AVANTE ?!

Pourquoi une génération différente ?! En plus, son choix est raffiné ! Il ne suit même pas la tendance Boomerang ou Emperor !

Cela dit, j'imagine qu'il est possible de jouer avec une génération différente.

Même si je n'ai pas joué aux Mini 4WD depuis des années, ma passion est restée intacte. Je fais encore des moulinets avec mon parapluie quand il pleut, comme si c'était un sabre. J'ai sauvé le monde de la fiction un nombre incalculable de fois.

Je m'en souviendrai peut-être quand je deviendrai adulte.

La génération a beau être différente, au fond, ça ne changera rien.

Voilà pourquoi on restera toujours des jeunes garçons.

One day... Mobile talk Hachiman& Zaimokuza

Portable de Zaimokuza

De : Zaimokuza 23:32
Objet : Aucun
Hum, ça ira si j'attache mon manuscrit dans le mail ?

De : MAILER-DAEMON 23:32
Objet : Message non délivré
Le message n'a pas été délivré pour la raison suivante...

De : Zaimokuza
Objet : Aucun
T'as changé d'adresse ?! Hachiman !
Hachimaaaaaan !

De : MAILER-DAEMON
Objet : Message non délivré
Le message n'a pas été délivré pour la raison suivante...

4

C'est regrettable, mais personne ne sait vers où va le fil rouge de **Shizuka Hiratsuka**

Quel est le plat le plus puissant ?

Le curry, le shabu-shabu, les sushis, les sobas, le sukiyaki, les tempuras, le yakiniku, ou les desserts ?

Aucun d'entre eux.

Ce sont les ramens.

Les ramens.

Pour un lycéen seul, c'est aussi un plat familier.

Quand on ne sait pas quoi manger, c'est eux qui nous viennent en premier à l'esprit.

En rentrant des cours, c'est cool de se diriger vers nos restaurants de ramens préférés.

Quand on fait les courses et qu'on en découvre un nouveau, c'est cool d'y entrer.

Quand on a une petite faim en pleine nuit, c'est cool de faire bouillir de l'eau et d'en siroter le bouillon.

Mais les couples qui entrent dans un restaurant de ramens en plein rendez-vous…

Ça, c'est interdit !

Arrêtez de blablater au comptoir ! Y en a d'autres qui veulent se servir ! Allez vous raconter votre vie sentimentale dans votre

Starbucks préféré, mais parlez pas d'amour au comptoir du restaurant de ramens ! Pensez un peu à ceux qui vous écoutent et qui attendent derrière !

À l'origine, les ramens doivent se manger seul.

Si on parle en même temps, la soupe refroidit et les pâtes s'allongent.

Voilà pourquoi les comptoirs sont installés de manière à passer un par un. Le système visant à se focaliser sur le goût de la franchise Ichiran, réputée pour ses rideaux isolant les clients, fut une révolution dans le monde des ramens. Autrefois, il était écrit que le brevet était en attente, mais ils ont sans doute fini par l'obtenir.

Je m'égare.

En résumé, des ramens me conviennent très bien pour un repas.

Une portion taille suprême suffit à guérir les blessures de mon âme esseulée.

Voilà ce que sont les ramens.

* * *

M'étant réveillé au beau milieu de la nuit, j'ai raté l'heure du petit-déjeuner. Ce genre de situation arrive fréquemment pendant les vacances d'été.

Pour être homme au foyer, la moindre des choses serait de savoir préparer son petit-déjeuner.

Les types qui pensent ainsi sont naïfs.

Une véritable femme au foyer donne 500 yens à son mari pour qu'il déjeune, et elle, de son côté, va déguster un somptueux déjeuner avec l'argent qu'il reste, quoique c'est peut-être un préjugé. Mais j'ai envie de devenir ce genre de mari. J'ai également envie de prendre des dommages et intérêts en cas de divorce.

Dans mon cas, j'ai décidé d'imiter les femmes au foyer pour

profiter autant que possible de somptueux déjeuners. Grâce à l'alchimie pratiquée pour obtenir les bourses de la prépa, je suis désormais riche. On peut m'appeler le Fullmoney Alchemist.

J'opte pour des ramens comme déjeuner du jour. Ainsi décidé, mon estomac ne peut plus accepter autre chose.

C'est d'ailleurs à Chiba que ces restaurants se livrent de sanglantes batailles.

Chaque station est le théâtre d'affrontements, à commencer par Matsudo, puis Chiba, Tsudanuma et Motoyawata. Récemment, même ceux de classe B, comme les Takeoka et les Katsuura Tantanmen, sont devenus connus à l'échelle nationale.

La stabilité de ces restaurants connus est remarquable, mais une fois habitué, on a envie de chercher son restaurant personnel.

Quand on sort manger avec quelqu'un, on ajuste ses goûts et on finit par devenir prétentieux en disant : « Je connais un coin génial, tu m'en diras des nouvelles ! Hihihi ! » Mais ça reste une utopie.

Par contre, quand on est seul, il est possible d'entrer dans un restaurant sans se soucier le moins du monde de telles obligations. Cette activité permet la découverte de nouveautés et le développement de sa propre culture culinaire.

En d'autres termes, un solitaire est constamment animé par l'esprit pionnier. C'est un aventurier contemporain doté de l'énergie et de l'âme d'un challenger.

Du coup aujourd'hui, j'ai décidé d'aller dans un restaurant de ramens près de chez moi, une terre que je n'ai encore jamais explorée. Comme dit l'expression : Il est difficile de voir plus loin que là où nos yeux portent.

Moi, je prends à revers ces principes-là, pas comme ces Tokyoïtes qui ne sont jamais allés à la tour de Tokyo.

Le bus ballotte pendant un moment.

Une fois mon objectif atteint, Kaihin-Makuhari, je marche. Je ne fais que marcher.

Autour de moi se trouve une zone que je n'approche qu'en rentrant des cours. Il y a aussi une nouvelle boutique qui me fait de l'œil depuis un moment, je pense y aller.

Sous le soleil de l'été, la chaleur moite m'agace durant la marche, mais un son rafraîchissant résonne et le dissipe.

Ding-dong. Ding-dong. La cloche d'une église résonne à pleine puissance.

Autour, on peut voir de nombreux hôtels luxueux alignés les uns à côté des autres, ainsi que des salles de cérémonies de mariages. L'une d'elles est sûrement en pleine célébration.

Une magnifique ambiance règne. J'entends même les vœux de bonheur passer à travers la clôture.

N'ayant jamais assisté à un mariage, autant y jeter un œil.

J'y découvre le bonheur que l'on dépeint sur les dépliants illustrés. Mais comment dire… J'ai l'impression qu'un voile noir cache le contour de ma vue…

Je frotte mes paupières et regarde attentivement. Je vois l'ensemble sans vraiment regarder en détail. Enfin, c'est par définition le sens du mot « voir »… Me rappelant l'enseignement d'Oshô Takuan[20], je fixe la silhouette noire.

Tout de noir vêtue, elle dégage l'impression d'être seule au monde. Cette couleur absorbe jusqu'aux rayons du soleil lui-même. Elle n'est qu'un point dans ce lieu rempli de bonheur, mais dégage une profonde rancune. Je l'entends d'ailleurs murmurer : *Allez tous vous faire foutre, aaaamen…*

Eh oui, c'est une personne que je connais parfaitement…

20 Moine bouddhiste, célèbre maître zen ; évoqué entre autres dans le manga *Vagabond* de Takehiko Inoue.

— Tu ferais mieux de te marier rapidement, toi aussi.

— C'est au tour de Shizuka la prochaine fois !

— Tata Shizuka, j'ai encore trouvé quelqu'un de bien pour toi ! Cette fois je pense que c'est la bonne, tu veux le rencontrer ?

— Shizuka, ton père a déjà commencé à économiser pour ses petits-enfants…

Chaque fois qu'elle entend une phrase de cette conversation, la tache noire se met à trembler. Sa force spirituelle… a disparu… ?

Peut-être ai-je fini par voir ce que je ne devais pas voir. Je détourne rapidement le regard et reprends la marche comme rien de rien n'était.

Mais je ne dois pas oublier.

— Quand on observe les abysses, ceux-ci nous observent en retour.

— Hi… Hikigaya ! hurle soudainement la silhouette noire.

Le jeune couple marié à côté de cette voix me regarde longuement. Je les salue de la tête sans réfléchir. Ils me saluent à leur tour. Qu'est-ce qu'il se passe là ? Est-ce que ça compte comme une rencontre avec ses parents ? Vais-je devoir prendre mes responsabilités et me marier… ?

La tache noire se retourne et dit rapidement :

— Hé, mais qui voilà, un gosse à problème ?! Je… Je dois faire mon boulot ! Alors… Alors voilà !

Le bruit des talons aiguilles accourt vers moi.

— Hikigaya ! Tu es là juste au bon moment ! Tu me sauves la vie ! s'exclame la tache noire.

Vu de près, c'est une belle jeune femme vêtue d'une robe noire. Elle m'attrape alors la main et quitte les lieux en arborant un air joyeux.

— Hé, att… Euh…

Difficile de repousser une belle femme plus âgée qui me tire la main comme ça.

Nous marchons ainsi un moment avant de nous arrêter dans un parc au coin de la rue.

— Hmpff… Bien, on est assez éloignés…, dit la jeune femme, essoufflée, en caressant sa volumineuse poitrine.

Sa robe de soirée noire dessine gracieusement les courbes de son corps tandis qu'une fourrure orne sa nuque blanche. Sa chevelure attachée vers le haut est d'un noir de jais ensorcelant, comme si elle s'accordait à sa robe. Sa main qui tient la mienne est quant à elle étonnamment douce dans un gant noir assorti à sa robe.

— Euh…

— Oui ? Ah, désolée si j'ai été brusque…, dit la jolie jeune femme à l'allure moderne en souriant avant de me traîner jusqu'à un banc.

Elle sort une cigarette de son sac et la tapote pour tasser le tabac.

Son geste de vieille femme contraste avec son apparence juvénile.

Elle sort un briquet à 100 yens, puis allume doucement sa cigarette.

La différence entre son allure actuelle et celle de tout à l'heure me rend confus. Mais devant cette silhouette, mes doutes se sont envolés.

C'est Shizuka Hiratsuka, la conseillère du Club des Volontaires.

Elle peut donc avoir de l'allure et être très jolie quand elle s'y met…

— Dites, ça ira si vous vous échappez comme ça ? C'était une cérémonie de mariage, non ?

— Ils s'en fichent. J'ai déjà filé mon cadeau de noces.

— Mais il n'y a pas un after après le mariage ?

— Qu'est-ce que tu me chantes ? Je te trouve bien soucieux, aujourd'hui.

— Non, je trouve que c'est l'occasion de faire des rencontres importantes.

— Pff, c'est le mariage d'un cousin… Je n'ai pas été invitée, dit-elle en détournant son regard triste, tout en mâchouillant la cigarette à sa bouche. Au départ, je ne voulais pas vraiment y aller. Mes cousins s'inquiètent parce qu'ils sont plus jeunes que moi, mes tantes ne font que parler de mariage, et mes parents sont juste chiants… Acheter un cadeau de noces pour se faire réprimander, ça vaut pas le coup…

Elle pousse un long, très long soupir, recrachant en même temps la fumée de sa cigarette, puis elle l'écrase entre ses mains.

Elle a beau m'expliquer tout ça, je ne sais pas quoi dire…

Face à l'étrange silence qui s'installe, Mlle Hiratsuka se reprend.

— Qu'est-ce que tu es venu faire dans le coin ?

— J'avais prévu d'aller manger des ramens.

— Des ramens ? Y en a ici ? demande-t-elle soudain, l'air enthousiaste.

Ses yeux morts viennent de reprendre des couleurs.

— D'ailleurs, à cause de la réception, j'ai complètement oublié de manger… T'es arrivé pile au bon moment, je viens avec toi !

— Ah, pas de soucis…

Dans ce cas, je prends les devants et commence à marcher. Mlle Hiratsuka me suit en faisant claquer ses talons aiguilles. C'est carrément voyant, ce genre d'allure ! Elle attire l'attention partout où on passe, c'est incroyable !

En arrivant vers les rues à grande circulation, les passants lui jettent des regards furtifs. À cause de sa tenue, et aussi du fait qu'il s'agit d'une belle jeune femme, tous les regards sont braqués sur elle.

L'objet de cet intérêt public m'adresse normalement la parole sans vraiment y prêter attention.

— D'après ce que j'ai entendu, tu donnerais des conseils à l'un de tes futurs cadets. Je vois que les vacances ne t'empêchent pas de poursuivre les activités du club, ça m'épate !

— Ce n'est pas ça du tout. D'ailleurs, comment vous le savez… ?

J'en reviens pas qu'elle soit même au courant de ça, moi, ça me fait super flipper.

— C'est ta petite sœur qui m'en a parlé.

— Depuis quand vous êtes amies… ?

Le lien entre Komachi et mes amis n'est pas près de se briser.

On devrait appeler ça le lien YHKK, non ? Je me demande si tout se passe bien. Y Pour Yuigahama, l'idiote. H pour Mlle Hiratsuka, la violente. K pour Komachi, la mignonne. Et K pour… Kawa quelque chose… Comment elle s'appelle déjà ? Il faut s'opposer à leur mentalité si on ne peut pas les soutenir financièrement.

— Elle est gentille, ta petite sœur. Ça me ferait plaisir d'avoir une sœur pareille. Ah, je n'y pense pas profondément…

— Vu la différence d'âge, on vous prendrait plus pour sa mère qu'autre chose, hahaha…

— Hikigaya…

Argh ! Elle va me frapper… Je ferme mes paupières par réflexe et me tiens sur mes gardes.

Mais le coup ne vient pas. Curieux, j'ouvre les yeux, et je la vois abattue.

— Ce genre de blague fait un peu mal, aujourd'hui…

— Je… Je suis désolé !

Vite ! Vite ! Que quelqu'un prenne soin d'elle ! Si personne ne vient, je sens que je vais devoir le faire moi-même ! Faites quelque chose !

***

La fin du mois d'août approche, mais il fait encore trop chaud pour se promener dehors alors que les rayons du soleil me brûlent quelque peu la peau.

Néanmoins, le souffle du vent marin suffit à me revigorer.

Pour cette raison, faire la queue devant l'entrée du restaurant n'est pas si inconfortable.

Il reste encore un peu de temps avant de pouvoir y entrer, mais je suis doué quand il s'agit d'éclater les bulles d'un emballage en plastique. Ce que je veux signifier par là, c'est mon hypothétique talent à écraser les nouveaux employés d'une entreprise. Enfin, c'est bien parce qu'ils font trop pitié que je travaillerai jamais.

Un homme devant nous semble désespéré à l'idée de parler fort. En observant autour de moi, je vois deux personnes derrière moi qui m'ont l'air d'être des étudiants, mais qui ressemblent néanmoins à un homme et une femme sortant ensemble. Une fois lassé, je m'imagine dans une situation où j'ouvre un restaurant de ramens, et me demande ce que je répondrais à des journalistes télé dans le cas où il deviendrait populaire.

Déjà, je commencerais par leur présenter une technique transmise de génération en génération appelée *Le retour de l'hirondelle*, qui consiste à faire brusquement sauter les pâtes dans toutes les directions une fois sorties de l'eau chaude. Puis si mon restaurant devient populaire, je pourrai également donner des cours de préparation de ramens pour extorquer de l'argent aux ex-salariés souhaitant démarrer un nouveau business.

Alors que je songe à des stupidités, j'entends soudain un doux soupir aux airs de rire.

— Qu'est-ce qu'il y a… ? demande la propriétaire de ce soupir.

Je tourne vers elle un regard plein de reproches.

— Ce n'est rien, je suis un peu étonnée, dit Mlle Hiratsuka en arborant un sourire amer. Je pensais que tu détestais la foule et faire la queue.

— Je déteste ça, comme je déteste la foule en désordre. Par contre, faire la queue, je le fais correctement, non ? Je ne suis pas un idiot qui passe devant les autres…

En vrai, je ne suis pas spécialement doué pour faire la queue. La raison pour laquelle les gens détestent s'y coller est, soit parce qu'elle fait perdre inutilement du temps, soit parce qu'ils détestent s'ennuyer, ou parce qu'ils n'ont aucune présence quand ils sont avec quelqu'un. En nous basant sur cette légende urbaine de couples se séparant après une visite à Destiny Land, ce serait dû aux tracas et aux différences de valeurs évoquées échangés durant la queue.

Dans mon cas, je ne m'ennuie pas grâce à l'énorme capacité de réflexion à ma disposition pendant cette durée stupidement longue. Certes, c'est ce que fait un solitaire, mais grâce à ça, mon âme d'acier tient le coup.

Et dans cette foule en désordre, de nombreux confrères ne connaissent pas les règles de bienséance. Forcément, comme je ne supporte pas de les approcher, impossible d'être doué pour faire la queue.

— En fait, tu tiens vraiment à ce que tout soit clean, dit Mlle Hiratsuka d'un air surpris après avoir entendu mes paroles.

— Pas vraiment, non. Je ne suis pas doué pour faire le ménage.

C'est un fait, ma chambre est sale. Si on l'exposait dans une galerie d'art après ma mort, elle porterait le titre d'*Urbanisation* ou de *Terminus de la Terre*.

— Je ne parle pas d'hygiène ou de propreté, mais plutôt de principes. Par contre, ce sont des principes qui ne se trouvent qu'en ton for intérieur.

— Techniquement, vous dites que je suis égoïste là, non ?

— Je te complimente, surtout. C'est bien de savoir développer avec précision ses propres critères d'évaluation.

Moi, je trouve ça gênant qu'elle puisse lire en moi comme dans un livre ouvert, le tout en souriant. Je me tourne alors du côté opposé pour éviter d'en dévoiler plus.

— Je n'aime pas les gens bruyants, c'est tout..., murmuré-je.

« On va s'éclater ! C'est dans ces moments-là qu'on brille le plus ! » À qui ils disent ça ? Ils ne seraient pas en train de frimer, par hasard ?

Pour ceux qui connaissent les joies de la tranquillité autour des bouquins ou des jeux vidéo, ces déclarations ne sont que les reflets d'une arrogance aussi joyeuse que futile.

Je déteste ceux qui font l'erreur de croire que la joie se mesure à la taille d'un groupe ou à la puissance de leur voix. Tout comme ceux qui s'exhibent et friment quand ils se trouvent en pleine foule ou au beau milieu d'un évènement. Cette escroquerie me dégoûte à un point...

Pourquoi ne sont-ils pas capables de prouver leur honnêteté et leur joie eux-mêmes ?

Tout ça démontre un manque de confiance flagrant. Quelque part, ils doivent probablement se demander si ça les amuse vraiment. Pour effacer cette question, alors ils disent que c'est amusant, que ça les excite, que c'est le meilleur jour de leur vie, que c'est agepoyo. Voilà ce qu'ils expriment et braillent.

Je n'ai pas envie de me mêler à ce genre de personne, ni de passer pour un guignol au milieu d'hypocrites.

— Mais si tu ne le fais pas, tu ne peux pas aller voir les feux d'artifice, dit Mlle Hiratsuka en coupant le fil de mes pensées.

— Les feux d'artifice ?

— Oui, tu sais bien, non ? À la Tour du Port. Tu ne vas pas y aller ?

Maintenant qu'elle en parle, ça me revient. Elle parle de cet événement particulier ayant lieu pendant l'été à Chiba. J'y suis déjà allé quand j'étais petit. À ce moment-là, les feux m'importaient peu, je n'avais d'yeux que pour les stands nocturnes.

Mais vivre dans le coin signifie qu'il est possible de voir de nombreux feux d'artifice au stade. Destiny Land en propose tout au long de l'année, donc ça n'a rien de si extraordinaire.

— Je n'ai pas prévu de m'y rendre. Vous comptez y aller ?

Elle pousse un long soupir.

— C'est mon boulot pendant les vacances d'été. Mais j'y vais surtout pour regarder les gens…

Je l'interroge alors du regard.

— On m'a demandé de surveiller les élèves, même pendant un festival. D'habitude, c'est des jeunes qu'ils envoient pour ça, je ne sais pas quoi faire… Hahahaha. Il faut dire que moi aussi, je suis encore dans la fleur de l'âge.

— Ça a l'air de vous réjouir…

Mlle Hiratsuka arbore un air jovial. Elle continue son discours sans même prêter attention à mon murmure.

— Si l'un de mes élèves fait des siennes, c'est moi qui aurai des problèmes. L'événement étant organisé par une collectivité, les pontes vont sûrement venir.

— Ah, même les pontes ?

— Oui, la famille Yukinoshita, notamment.

La famille Yukinoshita ferait effectivement partie des célébrités locales. Ils ont des fonctions au conseil départemental et ont peut-être apporté leur soutien à l'événement. Leur invitation irait de soi.

— Au fait, Haruno était votre élève ?

— Hein ? Ah, oui. Elle a quitté le lycée l'année où tu es arrivé, son diplôme en poche. Tu as bonne mémoire !

Juste quand on est arrivés… Alors ça veut dire qu'on a trois ans de différence. Grosso modo, Haruno doit avoir dix-neuf ou vingt ans. La remise de diplômes a eu lieu il y a deux ans…

— En tout cas, ses notes étaient au top, elle pouvait tout faire. Quant à son apparence, tous les garçons l'adulaient comme une déesse.

J'ai l'impression d'entendre une tout autre version de l'histoire. À mon sens, elle se rapproche plus d'une sorcière que d'une déesse. Quoiqu'elle ait pu être les deux, à l'origine. Mais d'un point de vue religieux, on peut toujours dissocier le bien du mal. Deux points de vue parfaitement superposés.

— Par contre…, commence Mlle Hiratsuka avant de s'arrêter quelques instants, puis de reprendre d'un air fâché : ce n'était pas une excellente élève.

— Je croyais que ses notes étaient au top ?

— Seulement de ce côté-là, oui. Autrement, elle était bruyante en cours, ne portait pas l'uniforme réglementaire, et on la trouvait sans arrêt à des festivals ou à des événements comme les feux d'artifice dont je te parlais à l'instant. Autant dire qu'elle passait son temps à se balader à droite et à gauche. Mais c'est aussi pour cette raison qu'elle avait de nombreux amis.

— Aah, je peux facilement imaginer la situation. Une fille aussi gaie et libre devait attirer les gens.

— Et puis…, ajoute-t-elle avant de s'interrompre.

Je lui succède.

— Ce n'est aussi qu'une façade ?

— Ooh, tu t'en es rendu compte ? s'exclame Mlle Hiratsuka, admirative.

Disons plutôt qu'elle révèle un sourire indiquant que le sujet dont elle parle est délicat.

— Je le sais à vue d'œil.

— Sacrée capacité d'observation !

Ouais. C'est le fruit d'une éducation spéciale pour enfants doués que j'ai acquis en étant élevé comme un idiot par mon père.

— Mais cette façade est un autre charme d'Haruno. Ceux qui s'en rendaient compte appréciaient sa sournoiserie et sa détermination.

— Elle a l'air charismatique, dis-je.

Mlle Hiratsuka acquiesce.

— Quand elle a présidé le comité d'exécution du festival culturel, ça a été la plus grande mobilisation pour un tel événement. Il n'y avait pas que des élèves, mais aussi des professeurs… Elle m'a même incitée à jouer de la contrebasse !

Mlle Hiratsuka fait la grimace comme si elle se rappelait un mauvais souvenir. D'ailleurs, sa coupe de cheveux ressemble à celle d'une autre bassiste. Je me demande si c'est dans Machin-ON…

— Cela dit, les deux sœurs sont très différentes.

Si Yukinoshita est une lycéenne embourbée dans ses recherches, Haruno, elle, donne l'impression de ressembler à une étudiante (lol) bien terre à terre.

D'ailleurs, je déteste ces expressions du type être « terre à terre », être « hypé » ou « rameuter le peuple ». Les lifes (lol) aiment bien dire ça. Ils feraient mieux de ne pas utiliser ces expressions si enthousiastes, ça leur donne l'air d'être faibles.

Mlle Hiratsuka hoche la tête en croisant les bras quelques instants, l'air pensif.

— C'est vrai. Mais je n'irais pas dire qu'elle ferait mieux de devenir comme Haruno… Cette enfant devrait développer ce qui la définit en gardant sa personnalité.

— Qu'est-ce qui la définit ?

— Je t'en ai déjà parlé avant, non ? Sa gentillesse et sa justesse.

C'est vrai. Mlle Hiratsuka estimait Yukinoshita en ces termes par le passé. Pour cette raison, elle veut sûrement dire ainsi qu'il est difficile de vivre, car le monde n'est pas toujours tout rose.

Yukinoshita est souvent juste. En ce qui concerne la gentillesse, j'émets encore quelques réserves, mais on ne peut certainement pas dire que c'est dû à un manque d'indulgence.

Comme ça ne me dérange pas d'être pas gentil, je préfère être gâté. Mais je me passerais de l'expression « Qui aime bien châtie bien ».

Cette personne pense de la même façon que moi..., pensé-je. En jetant un coup d'œil vers Mlle Hiratsuka, je la vois qui me regarde d'un air chaleureux.

— Tu es pareil, dit-elle soudainement en souriant.

À ce moment, le sens de ses paroles m'échappe.

— En quoi ?

— Toi aussi, tu es gentil et moral. Mais à un degré trop différent de Yukinoshita, ce qui rend ces qualités incompatibles...

C'est bien la première fois qu'on me dit ça. Mais ça ne me rend pas heureux pour autant. J'ai toujours cru en ma propre gentillesse et en ma propre morale. Bref, a... allez pas croire que ça me fait plaisir, hein !

— Par contre, une gentillesse incompatible, c'est pas contradictoire ? Même Conan dit qu'il n'existe qu'une seule vérité.

— Malheureusement, je préfère le fils du futur au détective[21].

Alors que je cache mon embarras, Mlle Hiratsuka retoque ma vanne en souriant.

Non mais sérieux, elle a quel âge, celle-là ?

* * *

Étant enfin entrés dans le restaurant, on achète notre ticket-repas à la machine.

21 Hikigaya fait référence à *Détective Conan*, le manga de Gosho Aoyama. Mlle Hiratsuka quant à elle évoque *Conan, le fils du futur*, anime de Hayao Miyazaki.

Par courtoisie, je fais passer Mlle Hiratsuka devant. En territoire ennemi et inconnu, il faut assurer notre sécurité en laissant les femmes à l'avant-garde !

Ma professeure pousse le bouton des tonkotsu ramens[22] sans hésiter. Je suis charmé par sa virilité. Une fois son plat acheté, elle se tourne vers moi, le porte-monnaie à la main. *Bon, dépêche-toi de te pousser !*

— Qu'est-ce que tu veux ?

Elle a l'intention de m'inviter ? Je vais finir par l'appeler Boss ! Ça me fait plaisir, mais je ne tiens pas tellement à accepter.

— Non, je… Je peux payer moi-même.

— Ne te prive pas.

— Là n'est pas la question, il n'y a pas de raison à ce qu'on me gâte ainsi, dis-je.

Mlle Hiratsuka se creuse la tête en montrant un visage curieux.

— Ah bon ? Je croyais que tu étais de ces minables qui trouvent normal d'être entretenu par des femmes.

C'est ridicule !

— C'est la définition d'un gigolo, non… ? Moi, ce que je veux être, c'est homme au foyer !

— Je… Je ne saisis pas la différence…, dit Mlle Hiratsuka, l'air étonnée.

Je ne la saisis pas plus non plus, de toute façon. Mais en tout cas, il vaut mieux entendre homme au foyer que gigolo ! D'ailleurs, une prof qui invite l'un de ses élèves, c'est rarement une bonne idée. Mieux vaut refuser.

Pour ma part, j'imite Mlle Hiratsuka en choisissant un tonkotsu et on file s'asseoir au comptoir. Après avoir tendu son ticket, elle indique la dureté de ses pâtes.

— Farinées !

22 Ramens au porc mariné dans du miso et du saké, avec des légumes.

— Ah, ferreuses pour moi, dis-je en l'imitant. En tout cas, les femmes ont l'air cool quand elles passent leur commande dans un restaurant de ramens !

Une belle jeune femme moderne possède une profonde élégance dans un restaurant de ramens.

Mlle Hiratsuka attire l'attention de tous les clients du restaurant. Néanmoins, elle ne s'en soucie pas le moins du monde et se munit d'un petit tablier en papier posé sur le comptoir tout en vérifiant la position du poivre, des graines de sésame blanc, du takana[23] et du gingembre rouge mariné. Elle y va vraiment à fond, dis donc…

Comme faire bouillir des ramens ne prend pas longtemps, les voilà qui arrivent déjà.

Mlle Hiratsuka sépare ses baguettes jetables et joint ses mains.

— Merci pour ce repas.

— Bon appétit.

Commençons par la soupe. La nappe d'huile aussi lisse que de la porcelaine blanche qui recouvre la surface démontre son onctuosité. Le légume-feuille supprime l'odeur et épaissit le bouillon à l'os du tonkotsu.

Ensuite, les pâtes. La soupe est épaisse, et les pâtes sont fines et droites. L'équilibre entre la texture de leur dureté et la mastication est bon.

— Oui, elles ont l'air succulentes.

On laisse échapper nos impressions naïves, avant de commencer à savourer nos pâtes en silence, si ce n'est claquer de la langue en dégustant notre soupe. La texture craquante du champignon oreille de Judas et du poireau est agréable.

Quand Mlle Hiratsuka demande une nouvelle portion de pâtes en ne laissant qu'un quart de soupe, elle commence à me parler.

23 Moutarde verte.

— À propos de ce qu'on évoquait tout à l'heure…

— Oui ?

— Concernant tes principes moraux…

Quand sa nouvelle portion de ramens arrive, elle y ajoute de la moutarde verte. Mlle Hiratsuka sourit, comme si elle prenait plaisir à customiser son plat.

— Je pense qu'un jour viendra où elle sera acceptée.

— Aah…, réponds-je vaguement en ajoutant de l'ail dans ma soupe.

— C'est comme ces ramens, dit-elle en me montrant fièrement son spécial Shizuka. Quand on est jeune, on n'accepte rien d'autre que ces tonkotsu ramens suprêmes, accompagnés des saveurs de leur graisse et de leur soupe épaisse. En grandissant par contre, on finit par se contenter de ramens salés ou à la sauce soja.

— Y a que les vieux pour faire ça…

— Je te demande pardon ?

— Non, rien…

Elle me fixe à n'en plus pouvoir…

Mlle Hiratsuka fait la moue pendant un moment, puis se met soudainement à sourire.

— Ce n'est pas grave. Même si aujourd'hui, on ne t'accepte pas, ce sera forcément le cas un jour. Rassure-toi.

Peut-être que cette personne comprend mes soucis et mes idées. Mais elle n'indique pas de réponse concrète. Quant à moi, aucune solution ne me vient pour l'instant…

— Tout ne sera pas forcément accepté. Moi par exemple, je déteste les tomates, donc les pâtes à la sauce tomate, c'est niet.

— Tu détestes les tomates ?

— Ouais, c'est visqueux et ça sent bizarre l'herbe. J'ai du mal.

Elle doit se dire que je suis un gamin, j'imagine. Mais quand on déteste ça, manger la chair de ces fruits-là relève de la torture.

C'est un peu dégueulasse.

— Pour les mêmes raisons, je déteste aussi les concombres.

— Moi non plus je n'aime pas les concombres…

Mais j'aime bien Bannan Chiten Kiryû[24]. Et aussi le Pepsi goût concombre.

— En plus, quand on met du concombre dans une salade ou dans un sandwich, c'est le goût du concombre qui s'impose…

Dans de la soupe miso, ça passe encore, mais autant éviter le concombre cru. Il montre ses crocs dès qu'on le coupe en rondelles… Son goût prend le dessus sur tous les autres, ajoutez à ceci sa valeur nutritive quasi nulle. C'est un peu le prédateur du monde des légumes !

— Je le supporte en saumure…, dit Mlle Hiratsuka en donnant son opinion d'alcoolo.

— Moi aussi, approuvé-je.

Oui, c'est vrai, je les aime en saumure. C'est même extrêmement rafraîchissant. Je pourrais en manger juste avec du riz blanc. Un vrai bonheur.

— …

Étrangement, un silence s'installe alors dans la conversation. En regardant Mlle Hiratsuka par curiosité, je la vois surprise. Puis quand nos regards se croisent, elle se met brusquement à boire cul sec un verre d'eau.

— Ah, en saumure hein ? Je… Je suis d'accord avec toi. Je… J'aime ça, moi aussi.

— Vous pourriez arrêter de rougir quand vous parlez de cette façon…

— Qu'est-ce que tu m'chantes ?! D'ailleurs, qu'est-ce que je voulais dire déjà…

Elle débloque ou quoi ? Faudrait entraîner son cerveau, de temps

24 C'est le nom de l'esprit de la Terre dans le manga de Minene Sakurano *Moi et mon ange gardien*. Hikigaya fait un jeu de mots entre *kyûri* (concombre) et *kiryû*.

en temps, non ? Arrêtons de subir la vieillesse ! En tout cas, je ne me souviens que de cette histoire de tomates et de concombres…

Radieuse, Mlle Hiratsuka bouge habilement ses baguettes.

— Tiens, je t'offre une tranche de porc rôti.

— Merci. Dans ce cas, je vous donne de la pousse de bambou.

— Huhu, merci.

— Vu votre âge, je vous prierai de manger plus de fibres végétales.

— Ne dis pas un mot de plus.

— Aïe !

Je poursuis ma dégustation de ramens en caressant ma bosse. Mlle Hiratsuka révèle un sourire satisfait, comme si elle était satisfaite par le goût de son repas.

— Puisque tu m'as fait découvrir ce restaurant délicieux, tu ne voudrais pas m'accompagner quelque part ?

— Vous avez un endroit à me conseiller ?

— Oui. Quand j'étais étudiante, je voulais conquérir tous les ramens de Chiba. C'était fréquent de voir profs et élèves sortir ensemble. Je t'y emmènerai quand tu seras diplômé.

— J'ai pas besoin d'une prof pour ça, si vous pouviez juste me dire où c'est…

CRAC !

Ce craquement résonne dans le restaurant bruyant.

— Oups, j'ai cassé mes baguettes.

— Je serais ravi d'y aller avec vous…

C'est pas censé se casser aussi facilement, des baguettes…

— Parfait, j'ai déjà hâte.

Elle donne presque l'air de s'amuser.

C'est pas si mal de manger des ramens avec quelqu'un. Ils sont délicieux qu'on les mange seul ou accompagné, et personne ne me contredira si je dis qu'il n'existe pas de plat plus puissant.

Portable d'Hachiman

De : Hachiman 22:51

Objet : Re

Euh…

De : Hachiman 23:25

Objet : Re3

Désolé. C'est juste que votre passion sur les ramens m'intrigue…

One day... Mobile talk Hachiman & Hiratsuka

Portable de Hiratsuka

De : Hiratsuka 22:43

Objet : Aucun

Merci pour aujourd'hui. J'ai été surprise quand tu m'as dit que tu aimais les ramens. Dans une certaine mesure, et comme je me suis baladée partout pour en manger, je connais bien le sujet.
Ah, même si je dis que je me suis baladée partout pour en manger, ça ne veut pas dire que je les mangeais en marchant. (lol) Bref, tu m'as promis qu'on irait ensemble quand tu seras diplômé, mais je pense qu'on ira dans un coin éloigné vu que tu préféreras y aller seul si c'est près de l'école. D'ailleurs, je vais te dire maintenant ce qu'il y a près chez toi et de l'école.
D'abord, près de l'école, il y a bien entendu Toranoana. Ils sont parmi les plus impressionnants en termes de densité et dans le style iekei1 à Chiba. Pour les pâtes, le choix standard se porte sur les sakai seimen, mais il ne faut pas les sous-estimer. Leur nom ne comporte pas le terme iekei2, cependant comme elles dérivent du style iekei, ça prend une tout autre tournure, non ? Le riz (et les saumures) s'y accordent merveilleusement bien. Avec des feuilles de nori flottant sur la soupe, c'est un mets de choix. Je recommande aussi d'aller au Shachi pour leurs pâtes froides. Ensuite, un autre digne représentant du style iekei que je peux ajouter est sans doute la maison Masuda. Je suis très familière avec les restaurants de Chiba, mais il y a une filiale à Kaihin-Makuhari. Bien qu'ils aient un tonkotsu à base de sauce soja, le goût est différent des autres iekei, mais j'adore l'idée.
Ils se disputent en particulier sur la saveur de l'œuf bouilli et de la soupe de porc.
Et puis ils sont aussi un peu différents à cause de la présence de riz frit dans leur menu. Un menu avec une demi-portion de riz frit, ça ferait plaisir à un jeune comme toi, je crois ? (lol) Moi, je trouve ça excitant d'ajouter de la pâte de haricots rouges sur ses pâtes froides.
Ensuite, il y en a un autre en allant vers

De : Hiratsuka 23:20

Objet : Re2

Désolée. J'ai envoyé alors que j'écrivais encore. En allant vers le nord, alors on ne peut pas passer à côté du Naritaké.
Je pense que tu le connais déjà, avec leur soupe bien grasse accompagnée de gros morceaux de porc et de pâtes très épaisses. C'est le graal des restaurants de ramens de Chiba, leur taux nutritionnel est lui aussi miraculeux. La maison mère se trouve à Tsudanuma mais il y a d'autres établissements, comme à Motoyawata. Ces dernières années, ils se sont étendus à Kinshichô et à Tokyo. Je recommande pour la quantité de leur graisse, par contre, choisir le niveau super graisse se révèle audacieux. Le fait qu'il y a la clé de la lune dans le kanji de graisse en fait un joli mot. Parmi les autres restaus du coin, je recommande vivement Kaizan. Leur soupe est à base de tonkotsu avec beaucoup de dashi1. L'équilibre entre le goût et la graisse est excellent. De même en ce qui concerne les pâtes semi-épaisses qui les accompagnent. Je ne suis jamais assez rassasiée de leurs gros morceaux de porc rôti.
Et surtout, leurs poireaux ! De vrais poireaux à la fois doux, épicés et croquant sous la dent, un accompagnement merveilleux ! Ils ont aussi des ramens qui s'accompagnent bien avec du riz, alors si tu vas dans ce restaurant, le ramen aux poireaux est indispensable ! Voilà pour le moment, tu as des questions ou une requête particulière ?

De : Hiratsuka 23:29

Objet : Re4

(´ ;ω; `)

5

Soudain, **Komachi Hikigaya** songe au jour où elle sera séparée de son grand frère

Mi-août approche, la fin des vacances d'été commence à se faire sentir.

En comptant le nombre de jours restants, je suis atteint d'une certaine mélancolie, à tel point que j'en exprime ma surprise façon Banchô Sarayashiki[25]. Uuuun… Deeeeux… Deux mois de vacances, ça suffit paaaas… J'aimerais bien en avoir trois.

Je coche alors d'une croix le calendrier du frigo en me demandant quand est-ce que la Terre s'arrêtera de tourner ! Le jour où j'apposerai un rond sera également celui de Takoyaki Mantoman[26].

Plus que deux semaines avant la fin des vacances d'été. Rassurez-moi, j'ai pas fait un bond dans le temps ?

Non, je me serais vraiment planté en comptant le nombre de jours ? En revérifiant sur le calendrier, je sens alors quelque chose ramper entre mes jambes.

— Qu'est-ce que c'est… ?

En regardant, je tombe sur le chat. Kamakura me regarde d'un air morose.

---

25 Histoire de fantôme de l'ère Edo, où la voix d'une servante compte chaque nuit, lugubrement.
26 Série de livres illustrés mettant en scène une équipe de super héros à tête de takoyaki (boulette salée).

Ça dure quelques secondes. Puis il éternue et se met à rouler sur mes pieds. C'est carrément gênant.

Il a l'air de chercher désespérément de l'attention.

D'ailleurs, Komachi s'est attachée à Sablé en deux-trois jours… Bien que ça n'ait pas l'air d'être réciproque, vu qu'il ne fait que venir vers moi.

Je m'assieds alors par terre et caresse Kamakura.

Au début, je fais ça dans le sens du poil, lentement, de la tête à la queue. Comme il ronronne depuis un petit moment, je bouge mes doigts pour le masser doucement.

Kamakura laisse échapper de légers soupirs tout en gardant les yeux fermés. Il a l'air extrêmement fatigué.

En même temps, c'est normal. Sablé à la maison, ce chat passe son temps à se faire courir après.

Même chez nous, Sablé démontre sans arrêt l'agitation particulière d'un petit chien en courant partout. En plus de ça, il montre un fort intérêt envers Kamakura en cherchant à jouer avec lui. Peut-être est-ce dû à une précédente rencontre avec un chat. À chaque fois, je le vois fuir en grimpant sur le frigo ou en filant derrière une commode.

Mais vu que Sablé a fini par s'attacher à Komachi qui s'en occupe de bien des manières, Kamakura n'a d'autre choix que d'aller me voir. *Désolé, on dirait que tu ne peux compter que sur moi.*

— Continue de t'accrocher. C'est toi le grand frère, après tout…, lui répété-je ce qu'on m'avait dit, petit.

Je ne connais pas l'âge de ce chat, mais Kamakura est présent dans la famille depuis longtemps, c'est donc notre grand frère.

Après l'avoir persuadé, il me répond à contrecœur en frappant sa queue par terre. *Désolé.*

Puis quand je lui caresse les pattes et le ventre, la porte du salon s'ouvre en grand.

— Grand frère ! Tiens, c'est rare de vous voir ensemble…

En levant la tête, je tombe sur Komachi tenant Sablé dans ses bras. Je ne vois pas en quoi c'est rare de voir un chat avec son maître.

— Je crois que j'ai la cote avec les chats.

— En même temps, tu leur ressembles.

J'ignore ce qu'elle sous-entend par là… Mon charisme, peut-être ? Bref, je prends ça comme un compliment.

— C'est vrai. Je suis le roi des animaux.

— Hum… Oui, c'est vrai.

— Pourquoi tu t'es arrêtée de parler ? Et cesse de me faire les yeux doux. Ça ne marche pas sur les lions, je te ferai dire.

— T'es vraiment le roi des animaux !

— Eh oui.

Alors que je me mets à rire fièrement, Sablé aboie pour me répondre, depuis les bras de Komachi.

À cet instant, Kamakura éternue et bâille avant de s'en aller je ne sais où.

Au moment où il se met à courir, sa queue remue dans tous les sens, comme s'il me saluait de la main. Je le regarde alors avec un rire légèrement amer.

— Sinon, tu voulais quelque chose ? demandé-je en me relevant.

— Oh, s'exclame-t-elle comme si elle se rappelait. Oui, oui, prête-moi ton smartphone.

— Je veux bien… Mais tu vas t'en servir pour faire quoi ?

— Il paraît qu'il y a une appli qui s'appelle Chienterprète. Suffit que le chien aboie pour qu'elle nous traduise ce qu'il ressent.

— Ah, parce qu'ils ont des sentiments ?

Ça doit être pratique. Ils veulent pas sortir un Humainterprète, tant qu'à faire ? C'est eux les plus hypocrites, après tout.

— Allez ! Vite ! s'exclame Komachi pour me presser.

J'attrape le portable que j'ai laissé sur la table.

Je le manipule en faisant glisser mes doigts sur l'écran pour télécharger l'application. En inspectant la liste indiquée, je trouve aussi Chaterprète à côté de Chienterprète.

— Oh, prends aussi Chaterprète, s'il te plaît.

— D'accord !

Comme demandé, je télécharge cette application en plus de Chienterprète.

— Tiens, dis-je en donnant mon portable à Komachi après avoir lancé Chienterprète.

Komachi l'essaie aussitôt après avoir posé Sablé par terre.

— Sablé, allez, dis quelque chose.

— Wouf ! (Jouons !)

— Ouais, il veut sûrement jouer.

Le message donné par Chienterprète ne déçoit pas mes attentes. Il indique avec une grande honnêteté ce que veulent les chiens.

Pendant un moment, Komachi continue d'essayer en tournant Chienterprète vers Sablé. Comprenant ce que demande sa maîtresse, Sablé aboie vers le portable.

— Wouf ! (Jouons !)

— Wouf ! (Jouons !)

— Wouf ! (Jouons !)

— Wouf ! (Jouons !)

Hein… ? C'est quoi ça ? Du copié-collé ?

— Grand frère, ton portable est cassé ?

— Nope, il ne peut pas être cassé vu que je ne m'en sers jamais…

Je me mets en tête d'aboyer pour voir. Si les mots changent, ça voudra dire que Chienterprète fonctionne correctement.

D'un rugissement, j'exprime alors mes projets d'avenir.

— BOWBOW ! (J'ai pas envie de bouger !)

C'est aussi effrayant que c'est précis. Même Excite Translate n'est pas aussi éloquent.

— Il n'a pas l'air cassé.

— C'est plutôt toi qui l'es en fait, grand frère…

Komachi est plus proche de l'abandon que de la surprise et arbore un air de grand prêtre illuminé. En voyant un membre de ma famille me regarder avec des yeux aussi réconfortants, même moi ça me fait mal, quelque part. J'aimerais leur faire savoir.

— Dans tous les cas, il dit qu'il veut jouer…

— On n'a qu'à le promener, alors.

— Bonne idée.

Ça m'épargnera ses jappements un moment. D'accord, c'est mignon, mais à force de les voir courir partout, on finit par s'en lasser.

— Bon, je vais chercher la laisse. ♪

— Vas-y, vas-y.

Komachi va chercher la laisse qui se trouve dans le set de soin que lui a confié Yuigahama.

— Merci. Attache-la à Sablé. Moi je vais l'empêcher de bouger.

Ma petite sœur l'immobilise et j'attache la laisse.

— C'est bien comme ça ? demandé-je en lui présentant l'extrémité pour qu'elle la prenne.

Komachi acquiesce, satisfaite.

— Oui, sur ce, let's go ! s'exclame-t-elle en tendant le doigt vers le vestibule.

— C'est moi qui dois le sortir ?

— C'est plutôt toi que je fais sortir ! Tu resterais tout le temps à la maison, autrement.

Et elle a raison… C'est pas pour rien que je m'appelle Hikki.

Corps et âme, j'essaie de lui faire comprendre ma non volonté à sortir, mais Komachi me pousse dans le dos sans y prêter attention.

— Allez, je t'accompagne.

* * *

Le soleil déjà couché laisse place à un croissant de lune dans le ciel bleu aux nuances indigo.

La ville où j'habite est paisible. Les lotissements ressemblent à ceux d'une cité quelconque vieillissant avec les générations. Mais il y a des champs çà et là le long d'une rivière qui longe une grande avenue. Les maisons des agriculteurs qui s'occupent de ces champs s'y alignent également.

Autrefois, ma mère me racontait une histoire qui lui était arrivée quand elle était petite, soit plus d'une trentaine d'années auparavant. Il paraît qu'il y avait des lucioles dans les champs et autour de la rivière. Bref, aujourd'hui, il n'y en a plus. Dis, An, pourquoi est-ce que les lucioles meurent tellement vite[27] ?

En me rappelant cette histoire, je regarde les champs, constatant alors qu'on ne peut plus les voir.

Puis, *wouuuh* !

Les épis de riz sont balayés par une rafale de vent.

Il file en se frayant un passage entre les épis, qui en baignant sous le soleil toute la journée ont mûri par l'absorption abondante d'eau et de nutriments.

Petit, je pensais que c'était l'œuvre d'un yôkai invisible.

Que ce soient les lucioles ou les yôkai, on ne les voit plus, désormais.

Pourquoi les gens aiment la nostalgie ? *C'était bien autrefois, c'était le bon temps, ça sent l'*ère *shôwa*… Ils sont enclins à prendre positivement les jours enfuis.

27 Citation du film d'animation *Le Tombeau des lucioles*, d'Isao Takahata.

Soit ils pensent au passé avec nostalgie ou avec tendresse, soit ils regrettent fâcheusement que tout change ou ait changé.

Autant se morfondre sur tous les changements qui ont eu lieu depuis l'aube des temps.

À moins que le progrès, l'évolution et le changement soient des phénomènes réjouissants, légitimes et magnifiques ?

Même si on ne change pas, notre entourage, comme le monde, change. C'est pour ça que tout le monde s'y accroche désespérément ? Afin de ne pas être laissé pour compte ?

Si rien ne changeait, la tristesse n'existerait pas. Je pense qu'il y a un mérite avantageux dans la mesure où, si rien ne venait au monde, alors aucun élément négatif ne viendrait non plus. En confrontant nos bilans, si on ne repère aucune perte, c'est qu'il n'y a pas d'erreur dans notre politique de gestion.

Voilà pourquoi je ne nie pas mon immuabilité. Pas question de renier le moi d'hier ni celui d'aujourd'hui.

Par conséquent, le changement n'existe que pour fuir le statu quo. Dans le cas où on déciderait de faire face, il faudrait être résolu à être le dernier des résistants.

On peut obtenir quelque chose sans changer. À comparer, ce serait comme presser le bouton B pour annuler l'évolution afin d'apprendre plus vite certaines attaques[28].

Un jour ou l'autre, je pourrai dire que j'avais déjà répondu à cette question avant d'en ressentir le besoin.

Komachi empoigne la laisse, comme si se faire traîner par Sablé l'amusait.

— Hé, c'est dangereux, il y a une voiture.

Celle-ci passe à côté de nous, comme si elle cherchait à nous effleurer.

28 Référence à *Pokémon*, quand le joueur appuie sur B pour empêcher l'évolution : le pokémon peut ainsi apprendre de nouvelles techniques plus tôt.

Sablé se met à éternuer, puis sent l'herbe et commence à la mâchouiller. Comme les chiens et les chats mangent de l'herbe pour les aider à cracher des boules de poils, ces promenades forment un processus nécessaire. Pendant ce temps, Komachi et moi attendons un moment en nous posant sur place. Komachi et moi attendons un moment en nous posant sur place car le chien s'attarde à sa dégustation de verdure

En nous comparant Sablé et moi, Komachi semble heureuse.

— En fait, ça fait longtemps que je ne t'ai pas promené, dit-elle en souriant.

— Oui.

En effet, ça faisait un bon bout de temps que je n'avais pas marché juste pour me promener. Sans doute parce que je préfère rester à la maison, je ne suis pas sorti avec ma petite sœur, à part pour faire les magasins ou voir des spectacles avec des animaux.

Sablé tire alors sur la laisse, provoquant les ricanements de Komachi.

— Bon, on y va ?

Il aboie en guise de réponse et reprend sa promenade, avec sa démarche si particulière de mini-teckel.

À mon tour, je leur emboîte le pas.

Le ciel de l'ouest évoque un sentiment de satisfaction, tandis que les lampadaires s'illuminent en même temps. La lumière des maisons diffère mais toutes finissent par se mêler.

Dans cette ville qui s'assombrit progressivement, la foule afflue de toutes parts.

Les salariés rentrent chez eux, les mères au foyer sortent pour acheter le dîner au magasin ou pour aller chercher leurs enfants, les écoliers font du vélo entre amis, les collégiens discutent dans les supérettes après leurs activités de club et les lycéens sortent s'amuser.

Cette scène banale me remplit à la fois de chaleur et de nostalgie.

— Avoir quelqu'un pour nous accueillir quand on rentre, c'est ça le vrai bonheur, non ? murmure soudainement Komachi.

— Oui, c'est vrai. Mais ça ne s'applique pas à toutes les situations…

— Mais qu'est-ce qu'il est relou, répond Komachi avec lassitude.

Il y a des exceptions partout… Moi, quand il n'y a personne pour m'accueillir, l'idée de me gargariser avec un hippopotame étrange[29] ne m'enchante pas…

— Enfin, t'as beau être chiant, je suis heureuse que tu m'accueilles à la maison.

Komachi détourne son regard de moi pour le diriger vers Sablé.

Sa cadence diminuant, je finis par la dépasser. Et comme elle ne peut pas voir à travers mon dos, je finis par dire un truc tordu.

— C'est pas vraiment pour toi, tu sais. Je le fais juste sur le moment.

Le silence s'installe après ma réponse brusque et indigne.

— Ça me va quand même.

Au doux son de sa voix, je me retourne inconsciemment.

Komachi a les yeux fermés, une main sur sa poitrine. Elle se met à parler lentement, mot après mot, comme cherchant à sentir la chaleur monter progressivement.

— Ta charmante petite sœur a pris son courage à deux mains pour te plaire, dit-elle avec le sourire le plus forcé de tout l'été.

— Je vois…

Elle est agaçante…

Je hausse les épaules, et reprends ma route en abandonnant Komachi et Sablé.

---

29 Référence à une publicité mettant en scène Kaba-kun, la mascotte d'une marque de bain de bouche.

Sérieux, elle est mignonne tout le temps, sauf quand ça devient sérieux !

Après avoir trottiné sur la pointe de ses sandales pour me rejoindre, Komachi lève les yeux vers les étoiles qui commencent à briller.

— Quand tu étais à l'hôpital, Kaa était là pour moi. Il venait même jusqu'au vestibule.

— Il ne vient jamais pour moi. Je le vois juste me regarder de haut depuis la véranda.

— Parce qu'il est gentil mais un peu tordu, dit Komachi en ricanant. C'est terrible, y a que de ça dans mon entourage.

— Tu remets ça sur le tapis ? Je suis pas gentil, moi…

Pas au point d'être tordu, du moins, en fait c'est même plutôt l'inverse. Personne ne vit en étant aussi honnête que moi. Mais puisque c'est le monde qui est tordu, de son point de vue, mon honnêteté l'est tout autant.

— Tout ça pour dire que ça me fait plaisir qu'un gentil tordu m'accueille quand je rentre à la maison.

Je lui montre cette fois un sourire nihiliste.

— Sauf que je serai pas tout le temps avec toi. Un jour ou l'autre, faudra bien que tu te sépares de moi.

— Hein… ? Tu vas quitter la maison ? demande Komachi en s'arrêtant brusquement.

Le sourire forcé qu'elle affichait jusque-là disparaît. Elle donne l'impression d'avoir soudainement pris une claque.

— Mais non, je ne vais pas partir sans raison.

— Tu me rassures…

— La maison est super confortable. Je ne tiens pas à travailler tant que le besoin ne s'en fera pas vraiment ressentir, c'est ça, ma vision de la vie.

— Euh… C'est ton avenir qui m'inquiète, finalement…, me

dit-elle d'un air troublé.

Je pose la main sur sa tête.

— La maison est près du lycée. Pour la fac, je compte en choisir une dans le coin, aussi. Alors à moins d'aller trop loin, je n'ai pas l'intention de partir.

Une heure de trajet suffit pour me rendre dans une université à Chiba ou à Tokyo. Concernant celles près de Kanagawa ou de Tama, je dois me concerter un minimum… Si je dois aller jusqu'à cette région inexplorée appelée Tokorozawa, il va me falloir préparer l'artillerie lourde.

— Je me demande ce que pensent les garçons de ton âge… Vous n'avez pas envie de quitter la maison, en temps normal ?

— Hmm, pas vraiment dans mon cas. Il y a un principe de laisser-faire à la maison. Vu que nos parents travaillent et que j'ai du temps libre, ce n'est pas très contraignant.

— Tu peux donner autant de raisons que tu veux, mais la vérité, c'est que t'aurais trop de mal à me quitter.

— C'est quoi ce monologue chelou… ?

Hahaha, quelle idiote. Hahaha.

— Il n'y a aucun mérite à vivre seul, c'est tout. Il faut dépenser de l'argent et passer son temps à faire le ménage. Puis je me demande si je peux faire le ménage sans aucune contrepartie. Tu ne connais pas le principe d'équivalence ?

La famille Hikigaya n'est pas vraiment en mauvais termes. Certes, mon père est une pourriture sévère, mais cela ne concerne que ses dires et ses pensées bonnes à jeter. À part ça, je ne m'en plains pas. N'ayant pas spécialement envie de quitter la maison, mon indépendance ne semble pas se développer.

Il faudrait une raison, ceux qui vivent seuls en ont sûrement…

— De toute façon, tu finirais par te sentir seul…

— Hein ? C'est quoi la solitude ? Tu parles des *no life* qu'on croise vers Akihabara ?

De tels sentiments sont superflus. Au contraire, de mon point de vue, la solitude est une chose merveilleuse.

— Moi je me sentirais seule…

Elle m'a complètement zappé. C'est toujours pareil, ils finissent par confondre la solitude avec d'autres trucs ! Moi, ça m'énerve.

Soit, puisqu'elle décide d'ignorer les propos d'un équivalent joueur pro, j'embraye sur ses paroles.

— Ben, ce sera peut-être le cas pour toi… Mais moi…

— Je ne parle pas que de toi. Par exemple, Yukino vit seule, non ? Je me demande comment elle va… Toi, tu t'en soucies ?

À l'entendre, on dirait qu'elle demande si même Yukino Yukinoshita peut ressentir la solitude. Admettons, je veux bien lui concéder que sa perfection peut parfois cacher des faiblesses ou des choses qui s'en rapprochent mais je ne suis pas sûr de ce que ça signifie.

— Et puis…, reprend Komachi, je pense que ceux qui sont mis de côté ressentent de la solitude.

— Ouais, c'est vrai…

Pourquoi j'ai pensé que seul celui qui part ressent de la solitude ? C'est valable pour celui qu'on laisse aussi. Si Komachi se marie et quitte la maison, je suis certain de pleurer.

Elle tire sur la laisse pour presser Sablé. Je la reprends comme si j'étais à la place de ce dernier.

— Grand frère ?

— Tu es fatiguée, non ? Je prends le relais.

Elle n'est certainement pas fatiguée de promener un si petit chien. Ce serait seulement le cas des filles faiblement constituées.

Komachi me regarde d'un air perplexe avant de m'adresser un large sourire.

— OK, merci. Du coup, je vais faire en sorte que t'ailles nulle part, dit-elle en me prenant la main.

— Je t'ai dit que j'allais nulle part. Au moins jusqu'au mariage.

— Tu parles du jour où tu seras homme au foyer ?

— Non, jusqu'à ce que je sois marié.

— D'accord, mais… Oh et puis tant pis…

Maintenant que j'y pense, ça faisait bien longtemps qu'on ne s'était pas promenés.

Après un détour dans des rues ayant beaucoup changé, on rentre à la maison.

* * *

Alors que le dîner est bientôt prêt, le bruit de l'interphone se fait entendre. Je décide d'aller voir à la place de Komachi qui s'affaire devant les casseroles.

À travers l'écran, je vois Yuigahama se recoiffer. Elle vient sans doute récupérer Sablé. Je file au vestibule pour m'en assurer.

Elle me salue quand j'ouvre la porte.

— Ah, yello !

— Ho !

— Tiens, voilà un cadeau souvenir, dit-elle en me tendant un sac en papier.

À en juger par la taille et le poids, ça n'a pas l'air d'être un sabre en bois. Dommage… Si c'était un porte-clés en forme d'épée avec un dragon enroulé autour, ou en forme de squelette fluorescent, ça m'aurait fait plaisir un minimum.

— C'est une spécialité de la région !

— Ooh…

En regardant dans le sac, je découvre des pâtisseries de ladite région. De toute façon, on en trouve partout, de ces spécialités.

C'est un choix acceptable qui indique le lieu de la destination et qui est généralement apprécié. Comme les friandises sont emballées par petits paquets, il est facile de les distribuer au travail ou à l'école. Les cadeaux souvenirs savent mettre l'ambiance.

En les regardant, un vieux souvenir me vient soudainement à l'esprit.

— C'est…

— Hein ? Tu n'aimes pas ? demande Yuigahama en jetant un œil dans le sac en papier, inquiète.

— Non, ce n'est pas ça… Les filles achètent toujours ce genre de cadeau souvenir, non ? Genre celles de la classe.

— Oui, c'est un peu ça. Pas toutes non plus après, comme Yumiko.

Miura ? Ça ne m'étonne pas de Sa Majesté. Je ne peux que respecter sa volonté d'être entretenue.

— Avant, on mettait des emballages de friandises locales dans ma boîte à chaussures… Le coupable était clairement une fille de la classe, mais ce qui faisait mal, c'est qu'elle ne s'en cachait même pas…

Un rire sec éclate en mon for intérieur. Mais Yuigahama sauve rapidement les apparences.

— Ne t'inquiète pas, ça n'arrivera plus !

— J'espère…

— Tout ira bien ! Personne ne te connaît au point d'en arriver là ! insiste Yuigahama en serrant fermement ses poings.

— C'est vrai.

Yuigahama insiste en serrant davantage les poings. Ses compétences pour me consoler sont proches de zéro mais de ce fait, j'accepte. Je suis vraiment content que ma discrétion se soit autant épanouie. Je pourrais être au service du Roi des Fourmis-Chimères[30].

Alors que je suis soulagé de pouvoir passer le second semestre en paix, Yuigahama jette un œil dans la maison.

---

30 Il s'agit de Meruem, personnage du manga *Hunter X Hunter* de Yoshihiro Togashi.

— Comment va Sablé ?

— Oh, il va bien. Komachi !

À mon appel, Komachi arrive dans le vestibule en tenant Sablé contre elle.

Celui-ci se met à aboyer. Yuigahama sourit en le voyant.

— Je te remercie, ma petite Komachi !

— De rien, de rien.

— Il vous a ennuyés ? Demande Yuigahama en caressant Sablé, toujours dans les bras de Komachi.

— Non non. On a joué en utilisant Chienterprète, c'était marrant !

— Chienterprète ? Ah, ça existe depuis longtemps ça, non ?

— Maintenant, c'est une application.

Pour gagner du temps, je démarre l'appli et tends mon portable à Yuigahama. Elle l'essaie en parlant à Sablé.

— Coucou Sablé, c'est moi !

Sablé penche alors la tête sur le côté, confus.

— Ouaf ? (Qui est-ce ?)

— Sablé ?

Ce dernier a l'air surpris par le ton désespéré que prend Yuigahama et se met à aboyer en me courant autour. Je l'attrape fermement avant de le soulever puis Komachi le fait doucement entrer dans la cage de transport qu'elle a apportée. Elle la referme puis la passe à Yuigahama.

— Tiens. Dans deux jours, il se souviendra sûrement de toi.

— J'aurais préféré qu'il ne m'oublie pas…, dit Yuigahama à moitié en pleurs, tenant la caisse comme si elle contenait un trésor.

Sablé colle son museau contre le grillage et aboie.

— Bon bah, à plus tard…

Même si on n'a pas vécu de si grands moments que ça, cette séparation me fait un petit pincement au cœur. Moi aussi, je risque de pleurer si les adieux se prolongent.

— Yui, n'hésite pas à revenir avec Sablé, dit Komachi en attrapant la main de Yuigahama, les yeux légèrement larmoyants.

C'est vrai qu'elle s'est occupée de lui, ces trois derniers jours.

— Bien sûr ! Je viendrai sans faute !

— Oui ! Quand mes parents seront là, je te les présenterai, alors apporte une boîte de gâteaux.

— D'accord, je les salu… Hein ? Quoi ?! Non, je ne viendrai pas, je viendrai pas !

Les yeux de Komachi flamboient et son air se fait suspicieux. Elle claque légèrement de la langue, puis reprend subitement une expression ordinaire.

— N'hésite pas à revenir, s'il te plaît. Je t'attendrai.

— D'accord, merci, dit Yuigahama en soulevant Sablé et son bagage.

Il est sans doute l'heure de rentrer chez elle. À cet instant, une chose me revient.

— Au fait, Yukinoshita sera peut-être aux feux d'artifice. Mlle Hiratsuka m'a dit que c'était organisé par une collectivité locale, donc on verra sûrement la plupart des grands pontes.

— Ah, d'accord… J'essaierai d'y être !

Yuigahama retient sa respiration comme si quelque chose lui venait à l'esprit, avant d'expirer et de se tourner vers moi.

— Dis… Vous ne voudriez pas qu'on aille ensemble aux feux d'artifice ? Pour vous remercier d'avoir gardé Sablé. C'est moi qui régale.

— D'accord, j'irai avec toi, dit Komachi.

L'option d'y aller à deux est exclue dès le début. Et puis si elle veut nous remercier, Komachi doit y aller aussi dans la mesure où c'est elle qui a fait le plus gros du boulot.

Komachi pose les mains sur ses hanches en soupirant, comme

si elle avait lu dans mes pensées. À la voir, j'ai l'impression de l'entendre me traiter d'incapable, enfin, passons.

Elle se tourne vers Yuigahama, faisant mine de s'excuser.

— Ah, c'est super sympa mais je dois réviser pour mes exams. J'aimerais vraiment y aller, mais ça risque d'être compliqué…

— Ah, tant pis, si tu dois réviser…

— Oui. Désolée. Mais ! Par contre, j'aimerais acheter des trucs… Ah, mais j'ai pas le temps ! Mais je voudrais tellement… C'est embêtant… Y a plein de choses qu'il me faudrait, mais si t'y vas toute seule, ça va être compliqué…, dit Komachi d'une voix monotone en pointant son regard dans ma direction.Comprenant ce qu'elle a en tête, Yuigahama réagit alors et s'avance en disant :

— Ah ! C'est… C'est vrai, ça ! Hikki ! Et si on allait acheter quelque chose pour la petite Komachi ?! Je dois vous remercier tous les deux, après tout !

— Ah, euh, je… C'est que…

J'essaie de continuer ma phrase, mais Yuigahama me fixe fermement.

— Une fille qui se balade toute seule à un festival, c'est pas très rassurant… On n'est à l'abri nulle part, ces temps-ci… Ah, si seulement il y avait un homme pour m'aider…

Derrière moi, Komachi pousse un léger soupir.

— Si, euh… Si Hikki a déjà prévu d'y aller avec quelqu'un, c'est pas grave…, dit timidement Yuigahama en continuant à me fixer.

Mon emploi du temps est complètement vierge. Bien entendu, je suis également libre le jour des feux d'artifice.

Et puis vu sa façon de me le demander, comment je pourrais refuser ? La voie est tellement libre qu'on se croirait le jour du siège d'Ôsaka.

— C'est pour Komachi, alors n'hésite pas à m'appeler…, déclaré-je avant de filer dans le salon.

— Oui, je t'enverrai un message !

J'entends sa voix énergique juste avant que la porte ne se referme.

* * *

Sablé parti, le calme est revenu dans la maison.

Disons plutôt un pseudo-calme dans la mesure où j'entends encore ses aboiements sans arrêt. Les bruits de la vaisselle lavée résonnent également et en coupant l'eau, j'entends désormais le son lointain des insectes.

Il ne devrait plus se passer grand-chose à la maison jusqu'au retour de mes parents, maintenant.

Je peux voir Komachi de la cuisine. Elle est plongée au fond du canapé, comme si toute son énergie s'était envolée. En l'entendant soupirer, je lui sers un verre de thé d'orge tout droit sorti du frigo.

— T'as bien bossé, dis-je en le lui tendant.

Elle l'attrape et le vide d'un trait avant de me le rendre en soufflant de satisfaction.

— Je suis crevée… J'ai l'impression d'avoir lâché mon enfant au loin.

— À ce point… ?

Sa posture et son expression apaisée lui donnent une certaine maturité.

— Je sais pas si je peux faire confiance à Yui…

— Allô, reviens sur Terre. C'était pas ton chien…, dis-je en soupirant.

Komachi m'interroge alors du regard.

— Hein ? Ah, tu parles de Sablé…

— Bah tu parlais de qui, alors ?

— De personne, laisse tomber…, me répond-elle mollement

avant de s'affaler sur le canapé.

Elle essaie d'approcher un coussin qui se trouve devant la main qu'elle tend, mais Kamakura est en train de dormir dessus.

En parlant de ce dernier, son état n'est pas très rassurant. D'habitude, il dort en se mettant en boule, mais là, non ! Il s'étire en prenant une pose totalement décontractée. Forcément, Sablé n'est plus là.

Le voilà étendu sur le dos et complètement sans défense. Cette tactique sans aucune garde est du niveau de Ray Sefo[31], la panthère noire des mers du Sud.

En voyant ça, les yeux de Komachi se mettent à briller.

— Trop choupiiiiii !

Elle bondit, plonge son visage contre son ventre et joue avec ses coussinets. Puis quand il se met à ronronner…

— Ah ! Je peux savoir ce que veut mon Kaa chéri ! Grand frère, j'ai besoin de Chaterprète ! Vite ! Hurry hurry !

— Ah, oui…, dis-je en attrapant rapidement mon téléphone portable à sa demande.

Je démarre Chaterprète et le tends tout aussi rapidement à Komachi. Cette dernière le pose sans attendre contre la gorge de Kamakura.

— Ron-ron, ron-ron… (J'ai mal, à l'aid… ça gratte. Délicieux.)

— Kaa ?

Il a un problème ce chat ou quoi ? Je me pose la même question pour le développeur de l'appli, d'ailleurs. Il a sûrement chopé un virus, lui.

Après ça, Komachi joue avec Kamakura, peut-être un peu trop même, à croire qu'elle cherche à combler le vide laissé par Sablé. Ça n'a pas duré, mais j'imagine que sa compagnie l'a beaucoup amusée.

31 Champion néo-zélandais de kick-boxing.

J'observe alors Komachi et Kamakura pendant un moment. Ils sont adorables, me dis-je. Puis Komachi regarde l'écran de mon portable.

— Ah, grand frère, il va s'éteindre, dit-elle en me le tendant.

— Euh, d'accord.

Je l'attrape.

En effet, l'écran indique qu'il reste peu de batterie et inéluctablement, que mon téléphone est sur le point de s'éteindre. L'heure indiquée en tout petit dans un coin de l'écran me saute aux yeux, pile au bon moment.

— Super timing. Allez, retourne bosser.

— Ouiii !

Après une dernière caresse, Komachi se lève du canapé et file dans le salon. Sans doute pour aller étudier dans sa chambre.

Enfin libéré de son emprise, Kamakura vient vers moi l'air aussi fatigué que quand Sablé était là. *T'as été courageux, toi aussi.*

Je commence ensuite à chercher le câble pour recharger mon portable, quand j'entends miauler.

Chaterprète étant encore allumé, il affiche la traduction.

En voyant ça, je souris.

— Ouais, parfaitement.

Kamakura miaule une nouvelle fois en entendant ma voix. Mon portable s'éteint avant que je ne puisse lire sa réponse.

Portable d'Hachiman
De : Hachiman 03:19
Objet : Re
Merci.
De : Hachiman 03:21
Objet : Re3
T'es encore debout ? Va dormir.
De : Hachiman 03:22
Objet : Re5
Bonne nuit.

Birthday
(Aug.8)
Mobile talk Hachiman & Komachi

Portable de Komachi

De : Komachi 00:00
Objet : Aucun
Joyeux anniversaire !

De : Komachi 03:2
Objet : Re2
C'est lâche de répondre 10 ans plus tard.

De : Komachi 03:21
Objet : Re2
((_ _)).. zzzZZ

6

Et **Yui Yuigahama** disparaît au milieu de la foule

Dans ce monde, on entend souvent ce genre de remarques : « Les liens inter-régions n'existent plus », ou « Les relations de voisinage se raréfient. » C'est tout à fait exact. En considérant que mes interactions sociales avec le voisinage sont aussi inexistantes que celles avec les gens de ma classe, c'est on ne peut plus exact.

Je ne me suis pas senti proche des communautés locales depuis bien longtemps et encore, c'est un moment dont j'ignore l'existence. Même quand on en parle, pour moi, c'est juste du chinois. Admettons qu'on me parle du président de l'association du voisinage ou du maire, leur visage ne me viendrait même pas à l'esprit. Au collège, pendant l'après-midi, il y avait de grandes activités de nettoyage durant lesquelles il fallait ramasser les déchets pour les collectivités locales, mais je passais mon temps à me balader car je n'avais pas la motivation de faire quoi que ce soit pour des gens que je ne connaissais même pas.

Cela dit, il y a des moments où la présence d'une collectivité locale peut se faire sentir.

Comme aujourd'hui, par exemple.

Pendant la journée, j'ai pu entendre des bruits d'explosions. Et la ville a également subi de légères secousses, comme si on cherchait à la réveiller d'un long sommeil.

En sortant de la maison, ma peau ressent à peine l'air à cause des forts rayons du soleil de l'été.

De nombreux passants marchent dans la même direction que moi sur l'avenue qui mène à la gare ; parmi eux, je repère quelques jeunes femmes en yukata.

Une fois dans le train, me voilà entouré par des familles portant des glacières et des couples. J'enfonce alors mes écouteurs dans mes oreilles en restant planté là, repoussé par la pression venant de chaque recoin. Ma pression spirituelle ne risque pas de faire long feu.

Je respire silencieusement quelques minutes, de sorte que personne ne le remarque et après plusieurs stations, j'arrive enfin à destination.

Une fois les portes ouvertes, je suis le seul à descendre du train, contrairement à tous ceux qui entrent. À l'annonce de la fermeture de celles-ci, j'accompagne du regard les passagers avant de filer sans grande volonté au contrôle des tickets.

Bon sang… J'ai la nette impression de faire tout ce trajet pour rien, en plus, il va falloir me retaper un train aussi bondé…

Entre deux plaintes, je franchis les contrôles et croise les passants qui arrivent en sens inverse.

Il ne reste plus qu'une minute avant notre rendez-vous.

Je me demande si elle est déjà arrivée… Je regarde autour de moi, mais je ne vois sa silhouette nulle part. Pas de Bulbizarre ni de Carapuce non plus.

En m'adossant contre un pilier de la galerie, je vois passer plusieurs visages familiers de mon école. Bien entendu, comme je ne les connais pas, je n'ai aucune raison de les interpeller.

Les filles portent des yukatas, et les garçons des jinbeis. En suivant les lycéens du regard, je découvre une fille vers l'entrée nord.

Elle marche en faisant claquer ses geta.

Des petites fleurs décorent son yukata couleur pêche, la ceinture, quant à elle, resplendit d'une teinte rouge vermillon. Mais contrairement à l'habitude, sa chevelure claire à reflets rosés est nouée en queue-de-cheval et remontée en l'air au lieu d'être attachée en chignon.

Elle a pas l'habitude de porter des geta ou quoi ? Sa démarche est si dangereuse que je finis par me rapprocher au cas où.

— Ah, Hikki. J'ai eu quelques contretemps… Ça m'a retardée… dit-elle honteusement.

Un sourire timide apparaît sur son visage.

— Ne t'inquiète pas, ce n'est pas grave.

Bien que l'on se fasse face, le silence finit par s'interposer. Yuigahama tripote ses cheveux en fixant le sol. Elle se prend pour Hamtaro ou quoi… ?

— Euh, ton… Ton yukata, il te va bien.

Pourquoi je complimente son yukata, moi ? C'est sa personnalité que je devrais flatter. Enfin, Yuigahama le devine sans que je n'aie à l'expliciter.

— Me… Merciiii ! répond-elle, le regard fuyant.

Une nouvelle fois, un blanc s'installe. Pourquoi ? C'est tellement silencieux que toute la filmographie de Steven Seagal me passe dans la tête !

Je dois faire quelque chose pour contrer cette ambiance gênante.

— Bon, et si on y allait… ?

— Oui…

Je commence à marcher, puis j'entends le claquement de ses pas derrière moi, indiquant qu'elle me suit.

Une fois les bornes de contrôle passées, on attend le train qui vient de la capitale. Pendant ce temps, Yuigahama regarde le sol sans rien dire.

Pour ma part, le silence ne me dérange pas vraiment.

En revanche, le sien m'inquiète. Cette fille étant du genre à faire tout un cinéma pour des babioles, j'angoisse à l'idée qu'elle soit en colère contre moi. Je décide donc d'amorcer le dialogue avec un sujet politiquement correct.

— Dis, pourquoi on s'est retrouvés à mi-chemin au lieu de se rejoindre directement là-bas ?

— Ben… On aurait eu du mal à se retrouver à cause de la foule.

— On a des portables, tu sais.

— Le réseau aurait pu être saturé !

Ah, j'ai effectivement entendu parler de problèmes de réception en lieu bondé. Vu que je n'utilise jamais mon portable à ces moments-là, je me disais que c'était un peu une légende urbaine. Enfin je dis ça, mais je ne l'utilise pratiquement pas tout court.

— Et puis… C'est nul de se retrouver directement sur place…

— C'est pas la mort non plus. On n'est pas des plantes vertes…

— Oh ça va, hein ! Tu vas pas te plaindre, quand même ?

— Non…

Je l'ai énervée…

À cause de ça, un autre blanc s'installe, mais en réalisant qu'on ne fait que marcher tout près l'un de l'autre, je fais mine de tâtonner à l'aveuglette même en plein jour.

— Est-ce que…

— Est-ce que…, dit-on en même temps.

Impatiente, Yuigahama agite la main pour m'indiquer qu'elle me laisse la parole.

— Tu vas souvent aux feux d'artifice ?

— Ah, oui. J'y vais chaque année avec des amis.

— Ah bon…

Le train arrive au moment où je réponds.

La majeure partie des gens semble se rendre aux feux d'artifice.

Yukata à part, ils portent aussi des nappes en plastique et même des parasols.

Ce n'est qu'à une station d'ici, mais on est tous plantés les uns sur les autres à côté de la porte. Une fois que celle-ci se referme en claquant, le train repart.

— Sinon, t'allais dire quoi, toi ?

— Ah, euh… Je voulais savoir si tu étais déjà allé aux feux d'artifice. On a pensé à la même chose, dit-elle.

Personnellement, je meurs d'envie de lui dire que ça me passe au-dessus. *Et arrête de sourire de manière aussi gênée, ça va me contaminer. Ces trucs-là sont vraiment pandémiques.*

Je détourne le regard pour vérifier l'heure. Il est que 16 heures…

— Je n'y suis allé qu'une fois avec ma famille quand j'étais petit.

— Je vois.

Et encore une fois, le dialogue fait place au silence.

Tandis que notre discussion se coupe aussi net que des sashimis de thon, le train, lui, continue à rouler.

Il commence à ralentir quand j'aperçois la Tour du Port au loin.

— Aah !, crie Yuigahama entre deux claquements de sandales.

Après l'avoir entendue, une douce odeur me parvient. Je ressens également un léger poids sur mon épaule.

Voilà ce qui arrive quand on est pas habitué à porter des geta. Elle est tombée sur moi en perdant l'équilibre et naturellement, je l'ai rattrapée.

— …

— …

Son visage touche quasiment le mien, tandis que ses joues rougissent subitement. Yuigahama s'écarte aussitôt.

— Je… Je suis désolée…

— Pas grave, c'est bondé, en même temps…

Je détourne les yeux, faisant mine de regarder le paysage à l'extérieur et après m'être assuré qu'elle ne puisse pas me voir, je soupire longuement. C'est à ce moment-là que je commence à transpirer.

Et voilà... Je deviens nerveux... C'était moins une. Si j'avais été un garçon lambda, j'aurais pu tomber amoureux.

Mais ça n'arrivera jamais. Que ce soit par erreur, par mégarde, ou via la persuasion, les garçons impopulaires ont la mauvaise manie de trouver un sens aux simples coïncidences.

Se dire bonjour le matin relève d'une logique pure et dure. Faire tomber un mouchoir sous les yeux de quelqu'un relève de la négligence. Échanger son adresse mail au boulot ne sert qu'en cas de remplacement.

Je ne crois ni aux coïncidences, ni au destin, ni à la fatalité. Seule la compagnie importe. Enfin, j'aimerais éviter de devenir un adulte comme ça. J'ai pas envie de travailler, moi...

Vu la foule de gens devant la gare, le tumulte bat son plein.

La Tour du Port de Chiba illumine ce bas monde avec ses murs tels des miroirs. À la voir comme ça, on dirait qu'elle sublime les rayons du soleil couchant, ce qui remplit d'espoir ceux qui attendent impatiemment le début du festival.

Tout le monde rit et s'échange de joyeux regards pleins de vie.

Les stands classiques de takoyaki et d'okonomiyaki se trouvent tout le long du chemin. On peut aussi voir que les supérettes et les marchands d'alcool ont aligné leurs produits. Les restaurants, eux, appellent les clients de manière tapageuse en leur promettant qu'ils verront les feux depuis chez eux.

C'est ça, l'été au Japon.

Peut-être est-ce inscrit dans mes gènes, car même moi, je commence à frissonner.

Les rideaux du festival des feux d'artifice de Chiba vont bientôt se lever.

* * *

Le chemin est court de la gare au lieu des feux d'artifice, on peut même dire que le parc est adjacent mais la foule complique son accès.

Habituellement, ce parc est peu animé et me donne juste l'impression de n'être qu'un grand espace. Mais de loin, je vois qu'il est noyé sous la foule.

C'est alors que dans cette chaleur étouffante, la brise marine nous caresse.

En regardant l'heure, il n'est que 18 heures et des poussières, et le festival commence vers 19h30.

Que faire en attendant… Pour le savoir, je me tourne vers Yuigahama qui se trouve juste à côté.

— Il reste du temps avant que ça commence. Qu'est-ce qu'on fait ? On rentre ?

— Non ! Comment tu peux proposer ça comme si c'était normal ?

Ma mauvaise manie de penser à rentrer aussitôt sorti refait des siennes. Peu importe l'heure et la situation, je fais le maximum pour rentrer sain et sauf, ce qui me rend techniquement apte au poste d'espion ou de ninja, à tel point que c'en est gênant.

— On fait quoi, alors ?

Pile quand j'allais lui redemander de rentrer, Yuigahama attrape son portable dans un petit sac à main traditionnel.

— Voilà, j'ai reçu un message de Komachi avec la liste de ce qu'elle veut en remerciement.

Yuigahama manipule son téléphone et me le montre. Le strass brillant m'agresse les yeux. C'est fou comme c'est agaçant, aussi je décide de me concentrer sur l'écran.

La liste des courses de Komachi.
Yakisoba – 400 yens
Barbe à papa – 500 yens
Limonade – 300 yens
Takoyaki – 500 yens
Souvenirs des feux d'artifice – Inestimable

Pourquoi elle a mis ça à la fin…

Je ressens une petite honte à me demander si ma petite sœur a écrit ça l'air fier…

Sentant ma gêne flagrante, Yuigahama sourit amèrement. J'ai honte ! *Ton grand frère a trop la honte !*

Néanmoins, je ne me dis pas qu'elle use encore d'une tactique superflue… Disons plutôt que je le prends comme une façon de s'occuper de moi. Mais soyons clair, je ne suis pas idiot au point de ne pas comprendre ses intentions.

Par contre, je suis plutôt sensible. Sensible et nerveux plus précisément, si bien que je réagis de manière excessive.

Pourquoi ? Car 80 % des garçons ici-bas vivent en nourrissant l'espoir qu'ils plaisent à une fille.

Moi, je reste lucide, il faut se contrôler et se rappeler que c'est utopique.

Je ne crois en personne, surtout pas en moi-même.

Entre deux soupirs, j'essaie alors de changer de sujet.

— OK, on va commencer par acheter tout ça dans l'ordre…

— D'accord.

Transie par le message de Komachi ou l'ambiance du festival, Yuigahama semble s'amuser à faire claquer ses geta en marchant.

Le bruit de ses pas et la mélodie qu'elle fredonne arrivent à mes oreilles malgré la cohue environnante tandis que les gens continuent d'avancer vers le parc.

De nombreuses succursales de restaurants sont collées les unes à côté des autres. Parmi elles, il y a de grosses enseignes.

Certes, le goût y est pour beaucoup, mais voir la lumière des ampoules et les gens en file indienne stimule aussi mon appétit. La sauce et le reflet de l'huile sur les yakisoba leur donnent un aspect merveilleusement caramélisé, on se croirait dans une confiserie Kabaya.

— Hikki, on se prend une pomme d'amour ? Ce serait pas mal, non ? dit Yuigahama en me tirant la manche.

— Ce n'est pas sur la liste…

On dirait que son objectif n'est pas d'acheter, mais de manger…

Yuigahama regarde les pommes d'amour en faisant la moue, puis me remontre son portable.

— On commence par quoi, alors ?

— Voyons, on pourrait commencer par la barbe à papa, ça devrait pas poser problème avec la chaleur…

— Trop bien, on peut gagner une PS3 !

Elle stoppe net mon élan en me tirant la manche, le regard planté sur le stand de pêche aux trésors. Des PS3 et divers autres produits luxueux y sont empilés les uns sur les autres.

— Écoute, tu pourras pas la gagner, cette PS3.

— Pourquoi ? Elle est juste attachée à une corde.

— Oui, c'est vrai. Mais on ne sait pas à laquelle elle est attachée.

Les prix sont reliés chacun à une corde, elles convergent en un point avant de se diviser mais impossible de savoir laquelle correspond à quoi.

— Ils posent de jolis trucs pour attirer ton regard mais c'est toujours trop beau pour être vrai. Il est là, le piège.

— C'est la logique d'un isolé de la société ? répond-elle, tandis que le gérant du stand nous fixe.

— Viens par là, lui dis-je, afin de nous éloigner un peu plus loin. Et si on allait acheter les barbes à papa ? proposé-je à Yuigahama.

La machine vibre en emmêlant les fils blancs d'où flotte une odeur sucrée.

Ce qui en sort est alors placé dans des sacs pendus ensuite devant le stand. Ils ressemblent à ceux du studio Tôei, sur lesquels sont imprimés des personnages de dessin animé et des super-héros.

Les temps ne changent pas tant que ça. j'ai dû ressentir la même chose quand j'étais petit. Yuigahama, qui a le même âge que moi, observe les barbes à papa d'un air affectueux, comme baignée dans la nostalgie.

— Ouah, ça me rappelle le bon vieux temps. Dis, on prend laquelle ?

— Elles sont toutes pareilles. Je prends celle-ci, s'il vous plaît.

J'indique un sac rose qui se trouve juste en face de moi, et je tends cinq cents yens.

Les dessins animés pour filles ne m'intéressent pas mais Komachi est une fille, alors j'imagine qu'elle doit s'intéresser à ce… Pre… Pre… Pretty Cure quelque chose ? Pour ma part, je n'y trouve aucun intérêt. Si bien que je ne sais pas faire la différence entre Pretty Rhymachin et Jeweltruc.

Cet achat terminé, on file prendre la limonade et les takoyaki.

— Après c'est les yakisoba ?

— Oui. Je crois en avoir vu là-bas, tout à…

En tournant les talons, elle croise le regard de quelqu'un. Cette personne nous salue de la main et s'approche.

— Ah, ma p'tite Yui !

— Oh, Sagamin !

Yuigahama réagit en la saluant à son tour, puis avance de

quelques pas. Elles agissent l'une comme l'autre de manière identique.

Hoho… C'est donc ça, l'imitation ? J'ai vu dans un épisode de *Recherches secrètes* que c'était une technique favorisant la sympathie.

Sinon, c'est qui ?

Ce serait le moment d'effacer ma présence et de me fondre dans le décor. Je suis… un arbre !

Bref, quand des filles s'interpellent comme ça, on peut sentir une étrange différence d'intérêt. Yuigahama persiste à être amicale. Mais cette Sagamin n'est en aucun cas familière, au contraire, on dirait qu'elle prend ses distances.

Mais qui est-ce… ?

Je le constate d'autant plus lorsqu'elle fixe Yuigahama en attendant que celle-ci parle.

— Je…, commencé-je à dire.

— Ah, oui. Je te présente Hikigaya, il est dans notre classe. Et elle, c'est Minami Sagami.

Son visage me disait bien quelque chose, on est donc dans la même classe. Je la salue en inclinant légèrement la tête.

C'est là qu'en croisant son regard, je la vois soupirer et, l'espace d'un instant, esquisser un sourire.

— Ah, je vois ! Vous êtes venus ensemble ! Perso, je suis venue qu'avec des filles ! T'as de la chance, moi aussi, j'aimerais bien profiter de la vie !

— Hahaha… ! Pourquoi tu parles comme si tu participais à une compétition de natation ? C'est pas du tout ce que tu crois !

Yuigahama ne sait pas quoi répondre mais sourit pour aller dans son sens.

Moi en tout cas, ça ne me fait pas sourire.

Je connais bien le sourire qu'a fait fait Sagami, quelques secondes plus tôt.

Il était tout sauf innocent ou bienveillant. C'était purement à titre narquois.

En voyant *le garçon qui accompagne Yui Yuigahama*, cette fille s'est clairement moquée d'elle.

— Si c'est pas génial, ça ! Surtout l'été, hein !

Elle m'évalue d'un regard furtif tout en gardant son sourire aux lèvres. Ce comportement à lui seul témoigne de son cœur froid, et prouve que sa gentillesse n'est rien d'autre que de l'hypocrisie.

Enfin, j'ai l'esprit aussi frais que la glace qui entoure son cœur, comme si de l'azote liquide coulait le long de ma moelle épinière. La raison, la logique et l'expérience s'unissent pour confronter mes émotions mais finissent abattues avant d'avoir pu rendre un quelconque jugement.

Une fois encore, je suis sur le point de vivre un malentendu.

Ni Minami Sagami ni moi n'avons d'intérêt l'un envers l'autre. On ne se connaît pas du tout.

Dans ce cas, quelle est la méthode la plus rapide pour comprendre quelqu'un qu'on ne connaît pas ?

L'étiquetage.

De son côté, la seule façon de comprendre qui je suis est *la classe sociale* à *laquelle j'appartiens*. Toutefois, cela ne s'arrête pas à Sagami. C'est le cas pour quiconque.

Avant de connaître une personne, on regarde à quel groupe elle appartient, les lieux qu'elle fréquente, son rang et son titre. L'être humain se réfère souvent à ces critères. Même si je n'en entends plus trop parler, quand on recherche un emploi, on peut faire l'objet d'enquêtes sur nos antécédents scolaires et sociaux, dans les cas extrêmes.

Cela dit, je tends à oublier que Yuigahama a des compétences en communication qui dépassent l'entendement. Au départ, elle faisait partie de la classe sociale la plus haute de la classe, voire de l'école tout entière.

Et il y a moi, qui fais partie de la classe sociale la plus basse. Yukinoshita mise à part, car exclue de ce système de caste, la relation que j'ai avec Yuigahama doit certainement apparaître comme de la charité.

J'aurais dû faire plus attention, c'était évident qu'à un événement pareil, les lycéens du coin se seraient réunis.

Maintenant que j'y pense, la situation actuelle est un lieu d'échanges pour filles. Les garçons qui les accompagnent servent sans doute à démontrer un statut. Tout comme les marques des sacs et des vêtements qu'elles portent permettent de jauger leurs statuts respectifs.

Prenons Hayama, s'il avait été à ma place, les réactions auraient été complètement différentes. Yuigahama prendrait même le titre d'héroïne de la soirée. Mais comme elle est avec moi, elle fait face au jugement de la cour martiale.

Je ne crois pas que l'on vive dans des mondes différents ; si c'était le cas, tout le monde serait plus à l'aise. Le problème, c'est justement qu'on vit tous dans le même et ce, n'importe comment. C'est ça qui me dérange.

Que des inconnus se moquent de moi, passe encore. Par contre, si c'était Yuigahama, je trouverais ça pitoyable.

— On dirait qu'il y a du monde pour les yakisoba, j'y vais à l'avance.

— Ah, d'accord, je te rejoins tout de suite, répond Yuigahama en souriant, gênée.

Je maintiens le statu quo en partant maintenant.

Mieux vaut éliminer rapidement la source de ses ennuis. Derrière moi, Yuigahama et Sagami continuent de discuter, mais je poursuis mon chemin sans y prêter attention.

Grâce à ma mémoire tampon et à l'odeur de la sauce, j'arrive au stand de yakisoba.

Mon appétit est stimulé en voyant les couleurs chaudes des lanternes illuminer les yakisoba emballés dans leurs boîtes en plastique.

Yuigahama arrive juste quand j'attrape les yakisoba que je viens de payer.

— Désolée…, dit-elle, un peu embarrassée.

— T'as pas besoin de t'excuser, sinon, tu veux une pomme d'amour ? lui répondis-je, ne sachant trop quoi dire.

— Hein ? murmure Yuigahama en clignant des yeux.

— Tu voulais en acheter, non ?

— Ah, oui ! D'accord, oui ! Je t'en donnerai la moitié !

— Non merci, ça ira.

Enfin, je suis prêt à l'accepter si elle est soigneusement coupée en deux avec un couteau. Sinon, comment dire… C'est un peu…

Dans tous les cas, on a acheté tout ce qui se trouve sur la liste.

À la vue des gens qui s'agitent, je comprends alors que les feux d'artifice vont bientôt commencer.

* * *

Le soleil couchant sur la baie de Tokyo teint le zénith d'une couleur bleu indigo. La lune se hisse quant à elle dans le ciel, comme désirant se divertir des feux d'artifice imminents.

L'esplanade qui sert de lieu principal à l'événement, avec ses rangées de stands le long du chemin, est déjà bondée de monde.

Des nappes en plastique sont étendues partout, des gens s'échangent des verres d'alcool depuis le début, et au loin, j'entends des enfants pleurer. En fait, les cris volent de tous les côtés.

Pour cette raison, on ne trouve aucun endroit où s'asseoir.

Si j'étais seul, j'observerais le feu d'artifice de loin en m'asseyant n'importe où. Sauf que je suis accompagné.

On n'allait pas rester debout, il fallait chercher un endroit où s'asseoir.

Le souci, c'est qu'on n'a pas de nappe en plastique, et encore moins de papier journal. Yuigahama étant en yukata, elle ne peut pas s'asseoir directement par terre. J'ai songé à aller sur le banc le plus proche, mais il est déjà occupé, comme si tout le monde avait eu la même idée.

On n'a nulle part où se mettre. Exactement comme quand je vais à l'école.

— Argh, c'est bondé, dit Yuigahama en riant d'un air gêné.

Tu as absolument raison.

— Si j'avais su qu'il y aurait autant de monde, j'aurais préparé une nappe en plastique…

— Mais… On dirait que tu me rejettes la faute… Désolée, j'aurais dû te le dire…

— Tu m'as mal compris… Je disais juste que j'avais pas l'habitude de tout ça, donc j'y ai pas pensé, désolé.

Ceci dit, j'aurais pu le deviner en y réfléchissant un minimum, ces imperfections m'ennuient un peu.

Peut-être que tous les garçons populaires sont aptes à veiller sur les autres et capables d'appréhender correctement ce genre de situation. Ce sont des détails qui passent avant l'apparence.

Par exemple, ils envoient fréquemment des messages, vérifient à l'avance quand il faut aller quelque part, et peuvent faire passer le temps en discutant de sujets intéressants quand il faut faire la queue un long moment.

Ça ressemble à l'enfer, toutes ces responsabilités.

S'il faut faire tout ça pour être populaire, je préfère autant ne pas l'être, sérieusement. Et pourquoi c'est souvent le garçon qui doit inviter ? Elle est où l'égalité des sexes dans tout ça ?

Attendez, c'est en popularisant qu'ils deviennent populaires ?

Ouah, ce qu'elle est nulle. Mais j'adore mes blagues stupides.

Par contre… Se forcer à prendre une apparence et se fondre dans le moule, au lieu d'être pareil que lorsqu'on est seul, ce ne serait pas une forme de mensonge ?

Peut-on dire que l'affection obtenue par le biais d'efforts est vraiment sincère ? Qu'elle est réellement adressée à notre personne ?

J'ignore si on peut parler de nous, ou d'une version de nous qui a changé pour être aimée. Si on ment ou feint, tout finira par s'écrouler un jour ou l'autre. Et s'il y a du changement dans ce qui nous définissait, on ne peut plus parler de soi originel.

Alors que ces pensées frivoles me traversent l'esprit, je finis par pousser un léger soupir. Je lève alors la tête, après avoir réalisé que je fixais le sol depuis un petit moment.

Mon regard croise celui d'une Yuigahama bouche bée, l'air idiot.

— Qu'est-ce qu'il y a… ? lui demandé-je.

— T'es plutôt attentionné, en fait.

— Hein ? T'es bête ou quoi ? Évidemment que je le suis ! Tellement que je reste tranquillement dans mon coin pour ne déranger personne.

Je ne parle à personne, je marche en me tenant à l'écart au lieu de me tenir à côté, et je n'invite personne pour ne pas déranger les plans de qui que ce soit. Je prends tellement soin des autres que je pourrais même tirer une boule d'énergie[32].

— Hahaha, je ne parle pas du tout de ça… Tu es, comment dire… Tu es gentil ? Quelque chose comme ça.

— Ooh, tu t'en es rendu compte. Eh oui, je suis gentil. Il s'est passé beaucoup de choses jusqu'à maintenant, mais j'ai fermé les yeux sur tout le monde sans chercher à me venger. Si j'étais une

32 « Sôkidan », l'une des techniques d'attaque de Yamcha dans *Dragon Ball*.

personne ordinaire, le monde serait déjà fichu à l'heure qu'il est. En un certain sens, on peut me considérer comme le Messie.
— Les gens ordinaires ne peuvent pas détruire le monde ! D'ailleurs, ils font rien de spécial, en fait !, rétorque Yuigahama.

Elle vient d'être super franche, là.
— Enfin bref. Tiens, on dirait qu'il y a un coin libre par là-bas, viens voir.
— Oui.
Mais quand on commence à s'y rendre, une foule de gens décide de foncer aux stands et aux toilettes quelques minutes avant le début des feux d'artifice. Si bien que l'on doit filer en sens inverse.
Marcher au milieu de la foule nous donne l'impression de passer dans le chas d'une aiguille.
C'est devenu une habitude chez moi, alors je marche sans faire de bruit.
Pour moi qui suis un fantasista avec une capacité de classe nationale quand il s'agit de chercher un espace libre, cette foule, c'est du pipi de chat. Ah ! Je suis aussi un spécialiste des actions me permettant de partir dans une direction totalement opposée ! Je vais toujours à l'encontre des tendances de ce monde !
Je marche en passant à travers la foule comme je m'entraînerais avec un mannequin de bois. Puis quand j'arrive dans un coin où elle est moins dense, je réalise que Yuigahama ne peut sans doute pas faire la même chose que moi.
Argh, j'ai foncé droit devant en utilisant mes compétences, pensé-je en me retournant, mais je n'ai visiblement pas à m'inquiéter.
Yuigahama arrive à se frayer un passage avec ses mains tout en poussant des « Désoléééé », « Pardoooon » et des « Je dois passeeeer ».
Ooh, elle a des compétences incroyables…
— Qu'est-ce qu'il y a ? demande-t-elle l'air confus en arrivant

jusqu'à moi.

— Rien…

En y réfléchissant attentivement, ceux qui sont habitués sont à l'aise pour prendre des mesures. Cet endroit n'est pas assez stimulant pour Hikki le Furtif.

— On dirait qu'on a enfin trouvé un coin avec peu de gens.

— Oui mais c'est une aire payante…, dit-elle.

Je regarde autour de moi, et effectivement, des cordes jaunes et noires ont été tendues pour démarquer clairement la zone.

Ce coin étant entièrement entouré d'arbres, on pourrait avoir des difficultés à regarder les feux d'artifice en s'asseyant par terre comme on le fait d'habitude. Mais comme les aires payantes se trouvent sur une petite colline, la vue est terriblement excellente.

La surveillance est sans doute assurée, vu qu'ils ont également fait appel à des intérimaires pour assurer des rondes ici et là.

Si on s'arrête dans ce coin-là, on risque de se faire expulser.

— On continue à chercher… ?

Quelques passants marchent le long des cordes, alors je presse Yuigahama et commence à marcher.

— Tiens, ce ne serait pas toi, Hikigaya ?

Un rêve d'élégance flotte sur l'aire bleu foncé accentuant désormais les nuances de l'obscurité. Un yukata plein de fraîcheur avec des motifs de lis blanc et de fleurs d'automne.

C'est Haruno Yukinoshita.

Vu qu'elle est du bon côté de la corde, elle doit certainement appartenir à la division de première classe.

Servie par les gens autour d'elle, et assise sur ce qui ressemble à un trône, on croirait voir une impératrice.

À dix-neuf heures quarante, une annonce informe que les feux d'artifice commenceront avec dix minutes de retard.

Des applaudissements et des sifflements venant d'on ne sait où retentissent. S'ils se trouvaient tout près d'ici, je leur aurais peut-être collé une tarte. Cinquante pour cent des types qui sifflent de manière hautaine sont généralement des veaux qui ne s'agitent que lors de ce genre d'occasion.

Cette aire payante se trouve en haut d'une petite colline du parc, en face des zones de tir. Tout est visible sans aucun arbre pour faire obstacle.

Il faut normalement acheter un ticket, mais on a pu entrer grâce à Haruno.

— Je représente mon père, mais ça m'ennuie, toutes ces salutations. Je suis contente que tu sois venu, Hikigaya.

— Ah, tu es là au nom de ton père. C'est cool ça.

Je l'écoute à moitié en observant autour de moi. Haruno sourit.

— Héhé. Ce sont des sièges réservés aux hôtes de marque. Tu ne pourrais pas entrer en temps normal, dit-elle en se vantant d'un air innocent, comme un enfant.

Quand on ne la cache pas, la vantardise peut parfois se dissocier de l'arrogance.

Cette franchise peut donner à croire qu'elle fait partie de son charisme. Plus tôt, elle a seulement eu besoin de dire « Désolée, mes amis qui étaient en retard viennent d'arriver » à un groupe de gens non loin pour les faire reculer.

Surtout, qu'il a suffi d'une invitation pour que les surveillants acceptent tout naturellement, sans même chercher à vérifier. C'est quand même dingue, d'être un vrai VIP !

— Une célébrité…

Yuigahama pousse un soupir étrange, partagée entre admiration et stupéfaction.

— Sans doute, mais tu connais le travail de mon père, non ? Il a assez d'influence pour parrainer ce genre d'évènement local.

— Le département peut influencer même au niveau municipal ?

— Oh, tu es vif d'esprit ! Je te reconnais bien là, Hikigaya. Mais dans ce cas-là, je suppose que c'est plus lié aux entreprises qu'au département.

Ce serait effectivement les entreprises de construction, ou quelque chose dans ce genre-là. Si les travaux publics s'y mettent également, alors en effet, ils seraient influents. Autrefois, lors d'une élection, l'immobilier, la publicité et les poches agissaient de concert. D'ailleurs, ces derniers coûtaient beaucoup d'argent. Vraiment beaucoup. En passant, les trois poches les plus importantes sont l'argent de poche, la poche d'estomac et les poches maternelles. C'est un discours de cérémonie de mariage ou quoi ?

Tandis que le maire ou je ne sais qui distribue ses félicitations et ses remerciements un peu partout, Haruno nous propose des sièges à côté du sien. Yuigahama et moi acceptons chaleureusement.

On s'assoit tout en inclinant légèrement la tête.

J'essaie de me détendre, mais avec Haruno juste à côté, c'est compliqué. Sa perfection apparente m'effraie plus que la pensée d'être assis à côté d'une beauté. Et surtout, l'obscurité qu'elle dissimule provoque chez moi un certain malaise.

Haruno murmure alors à mon oreille.

— Au fait… Ce n'est pas très sérieux de flirter…

— Je ne flirte pas…, réponds-je.

En entendant ma réponse, Haruno devient plus froide encore.

— Alors… Ce serait du sérieux ? Je peux pas laisser passer ça, dans ce cas.

— Qu'est-ce que quoi ?

Elle tire mon oreille comme le fait Sazaé avec Katsuo[33]. Mais en m'échappant rapidement, je ne reçois pratiquement aucun dommage. Si elle avait tiré plus fort, on aurait peut-être pu la faire passer en compétition.

— Ce n'est pas sérieux non plus…

Mais qu'est-ce qu'elle me veut, à la fin… Je ne supporte pas d'avoir mal. Le flirt ou les relations sérieuses, très peu pour moi de toute façon. Le courage ! L'énergie ! Iwaki ![34] ne me conviennent pas Je ne sais pas ce qu'il veut me dire, mais c'est impossible, Kanzaki !

Après avoir esquivé l'attaque d'Haruno et terminé de saluer une autre illustre personne, les feux d'artifice sont sur le point de commencer.

Accompagnée par la musique, la première explosion s'épanouit comme une grande fleur dans le ciel nocturne. Les lumières rouges, jaunes et orange éclairent sans cesse l'obscurité.

— Ooh…

Les cercles de lumière s'ouvrent comme des fleurs et se reflètent admirablement sur la façade en miroir de la Tour du Port, tout en se démultipliant. Après celui-ci, ils auraient prévu de continuer en faisant éclater huit mille feux de toutes les couleurs.

Les explosions assourdissantes résonnent les unes après les autres. C'est comme si Tao Paï Paï hurlait continuellement « Dodonpa[35] ».

Tandis que le vacarme déchirant résonne, Haruno remue pour se caler sur sa chaise en la faisant grincer.

— Ah, euh… !

Yuigahama engage la conversation avec cette dernière comme si elle avait calculé le bon moment tandis que je suis en plein milieu.

33 Réféfence au manga *Sazae-san* de Machiko Hasegawa.
34 Slogan de l'homme politique Nobuko Iwaki.
35 Personnage de *Dragon Ball* ; « Dodonpa » est l'une de ses techniques de combat.

Haruno cligne alors de ses grands yeux.

— Tu es… Yui-machintruc, c'est ça ?

— Yu… Yuigahama.

— Ah, oui. Désolée, désolée.

Bon sang, Haruno a l'air de se la jouer malintentionnée. Mais c'est clairement volontaire… Elle n'est pas du genre à oublier un nom après l'avoir entendu. Après tout, ses capacités de mémorisation égalent, voire dépassent, celles de Yukinoshita. Elle a sûrement une intention derrière la tête en faisant un lapsus.

Quand je fixe Haruno pour vérifier ce qu'elle cherche à faire, je la vois rire tout bas.

Un frisson parcourt ma colonne vertébrale. Son sourire, qui me donne l'impression qu'elle a lu dans mes pensées, est si joli qu'il en est effrayant.

— Yukinon n'est pas avec toi, aujourd'hui ?

— Je crois qu'elle est à la maison. Les apparences, c'est moi qui gère. Je l'ai déjà dit, non ? Je représente mon père. Je ne suis pas vraiment là pour m'amuser, dit-elle en se pointant du doigt, dans un rire qui lui donne l'air de blaguer. Venir à ce genre d'évènement, je m'en occupe car je suis l'aînée. C'est ma mère qui a déterminé ce principe il y a longtemps.

J'ai l'impression que Yukinoshita a dit la même chose. Elle ne joue qu'un rôle de remplaçante, c'est sa grande sœur qui se charge d'apparaître aux évènements.

En d'autres termes, Haruno serait l'héritière officielle de son père. De toute façon, il est tout à fait normal que l'aînée prenne la succession.

Mais ça ne justifie pas tout.

— Est-ce que ça veut dire que Yukinon n'avait pas le droit de venir ?

Oui, qu'Haruno soit l'héritière est une chose, mais il n'y a pas de raison pour que Yukinoshita n'ait pas le droit de venir. Haruno sourit d'un air gêné.

— Pour faire simple, on va dire que c'est la volonté de ma mère.

— C'est vrai qu'en y allant une par une, au moins, on ne risque pas de vous confondre…, dit Yuigahama.

Mais ce n'est sans doute pas le problème.

Tout est une question d'apparence. Comme il ne peut y avoir qu'une seule héritière, inutile d'attirer davantage l'attention. Cela montrerait une image négative si elles donnaient l'impression de se disputer la succession. Comme avec les familles de samouraïs…

Haruno pose son doigt sur sa joue, puis soupire sensuellement.

— Vous savez, ma mère est forte, en plus d'être effrayante.

— Hein ? Plus que Yukinoshita ?

— Yukino ? Effrayante ?

Après m'avoir fixé du regard, Haruno se met à rire agréablement.

— Hahahahaha !

Cette gaieté est différente de celle que j'ai ressentie jusqu'à maintenant. Cette fois, elle semblait sincère.

Soudain, Haruno pousse un soupir de satisfaction en essuyant ses larmes du coin des yeux avant de toussoter comme si elle faisait attention à son entourage.

— Tu es décidément impoli, Hikigaya. C'est ce que tu penses de cette charmante petite ? demande-t-elle en gloussant.

Puis elle s'approche de moi pour me murmurer à l'oreille.

— Ma mère est plus effrayante que moi.

— Elle est humaine… ?

Que Yukinoshita soit effrayante est une chose, mais que sa mère le soit plus qu'Haruno, c'est chaud, non ? On ne parle pas d'une simple armure renforcée là, mais d'un Mobile Suit à la Gundam !

— Ma mère est du genre à prendre des décisions et faire en

sorte que les gens les suivent. Alors on n'a pas d'autre choix que de faire des compromis… Et à ce petit jeu, Yukino est mauvaise.

Elle n'est pas juste mauvaise. On pourrait même insister en le répétant plusieurs fois. Elle est mauvaise, mauvaise et archi-mauvaise.

— Voilà pourquoi j'ai été un peu surprise quand elle a annoncé qu'elle voulait vivre toute seule après son entrée au lycée.

— Yukinon a commencé à vivre seule quand elle est entrée au lycée ?

— Oui, oui. Comme elle n'est pas du genre capricieuse, mon père était si content qu'il lui a offert un appartement dans un immeuble résidentiel.

Ouais, pour une raison que j'ignore, tous les papas du monde gâtent leurs filles.

— Ma mère s'y est opposée jusqu'au bout. D'ailleurs, elle n'approuve toujours pas…

— On dirait qu'elle s'entend bien avec son père.

— Oh, tu es bien curieux, dis-moi. Un vrai beau-père…

— Que tu m'appelles beau-père ou tonton, ça ne change rien. Ça me passe au-dessus…

— Hmm, douze points.

Elle est gentille en apparence, mais dans le fond, elle note sévèrement.

— Je ne crois pas qu'elle s'entende bien avec lui. Mais comme notre mère est autoritaire, mon père ne fait sûrement que compenser.

On dirait le bon et le méchant flic. En gros, y a celui qui donne les bonbons et celle qui donne le bâton.

— Yukino et moi on ne le sait que trop bien, disons que c'est une harmonie préétablie.

— Vous êtes malsaines…

Même si je rejette cette idée, Haruno maintient son joli sourire et engage la conversation avec Yuigahama.

— Alors, vous sortez ensemble aujourd'hui ? Si c'est le cas, désolée de vous déranger.

— Non, non. Ce n'est pas ça…

Le regard d'Haruno inspecte Yuigahama.

— Hmm… Ce n'est pas ce que ton visage a l'air de dire. Mais si vous sortez ensemble…, dit-elle d'une voix moqueuse.

Entre deux tirs de feux d'artifice, les environs s'assombrissent. Je ne peux même pas voir les yeux d'Haruno. Mais il ne fait aucun doute que les reflets de ses yeux sont encore plus sombres que le ciel nocturne.

— Ça voudrait dire que Yukino n'aura pas été choisie, une fois de plus, murmure-t-elle.

Les feux d'artifice retentissent alors, comme pour appuyer les propos d'Haruno.

Les explosions assourdissantes continuent à résonner par à-coups dans un ciel vacillant.

Les résidus marquent l'obscurité tandis que l'odeur de poudre flotte au gré du vent.

De temps en temps, le doux sourire d'Haruno s'illumine.

— Au fait… Ce que tu viens de dire…, commence Yuigahama.

À ce moment, un feu d'artifice éclate. Haruno s'ébroue joyeusement avant de se tourner vers elle.

— Oui ? Qu'est-ce qu'il y a ? demande Haruno en souriant gracieusement comme si les feux l'avaient distraite.

— Ah, euh… Non, rien.

Yuigahama ravale ses paroles, coupant court à la conversation. De courts tirs similaires à des tirs de pistolets continuent d'être lancés, éclairant le ciel de leurs couleurs respectives, tandis qu'Haruno les applaudit de manière enfantine.

Yukinoshita n'est pas comme ça, à se demander si les actions de l'aînée sont spontanées ou calculées.

Les deux sœurs ne se ressemblent qu'en apparence. Pourtant, elles donnent l'impression de regarder dans la même direction. C'est assez étrange.

— Ah. Yukinoshita, tu…

Ne sachant pas comment m'adresser à Haruno, je l'ai appelée par son nom de famille. Autant éviter de me familiariser avec son prénom. Haruno sourit en m'entendant utiliser son nom.

— Hein ? Tu peux m'appeler Haruno, tu sais. Ou même belle-sœur, d'ailleurs, je te le recommande.

— Hahaha…

Je laisse inconsciemment échapper un rire dénué d'empathie. Pas question de l'appeler par son prénom.

— Yukinoshita, tu…

— Haha, ce que tu peux être têtu. C'est mignon.

Merde, j'ai du mal avec elle…

Les personnes légèrement plus âgées sont les plus effrayantes. Si la différence était plus marquée, comme avec Mlle Hiratsuka, ce serait moins compliqué puisqu'elle est adulte. Par contre, ceux qui ont deux ou trois ans de plus sont différents d'un point de vue culturel.

— Yukinoshita, tu es diplômée de notre lycée, non ?

— Hmm, oui. J'ai trois ans de plus que toi, répond-elle avec un ton familier.

Yuigahama hoche la tête d'un air très intéressé.

— Ça veut dire que la grande sœur de Yukinon a vingt ans, c'est ça ?

— Presque. J'ai encore dix-neuf ans. Mon anniversaire arrive tard dans l'année. Et puis, tu peux m'appeler Haruno, mon nom de famille est trop long. Tu peux même m'appeler Harunon, si tu veux. ♪

Moi, je me dis surtout que ça fait pansement thermogène.

— D'accord, je… Je t'appellerai Haruno, alors, répond Yuigahama avec un rire nerveux.

Le festival des feux d'artifice est déjà passé au programme suivant.

Ceux qui sont tirés au rythme de la musique forment un cœur et semblent chargés d'intentions.

Ce qui a l'air d'être le nouveau tube à succès est alors tantôt joué avec vivacité, tantôt de manière calme et solennelle.

Le nombre de tirs semble diminuer. Les gens se lèvent et se dispersent en allant aux toilettes et aux stands, comme si c'était l'heure de se relaxer.

On peut entendre des acclamations même dans les zones payantes.

Des repas sont servis sur les tables. On reconnaît bien là la zone des hôtes de marque.

Yuigahama et Haruno discutent joyeusement tandis que je suis entre elles.

— Ça veut dire que tu étudies à l'université ? demande Yuigahama.

— Oui. Je vais dans une faculté de sciences et de technologie pas loin d'ici.

— Ah, tu es intelligente… Tu n'es pas la grande sœur de Yukinon pour rien.

— Je voulais vraiment aller dans une meilleure université, mais mes parents n'étaient pas d'accord.

Devant la surprise et l'admiration de Yuigahama, Haruno montre un sourire un peu mystérieux.

Enfin, si on veut travailler dans les collectivités locales, il vaut mieux aller dans une université locale.

Mais c'est tout de même impressionnant. Quand plus de trois personnes prennent part à une conversation, ça crée un effet barrière. D'ailleurs, je sens que je ne vais pas l'ouvrir comme tout à l'heure, sauf pour manger, surtout pour manger en fait. C'est qu'ils déchirent, ces yakisoba ! Avec une sauce 100 % pour garçon !

— Mais alors, ça veut dire que vous serez ensemble en fac de sciences, dit naïvement Yuigahama.

Sur cette remarque, les mouvements d'Haruno s'alourdissent. Au milieu de toutes ces lumières et ces bruits, son calme me paraît étrange.

— Elle aussi veut aller en fac de sciences et de technologie, alors…

Son sourire semble cacher une certaine moquerie.

C'est du moins ce que je ressens en la regardant dans les yeux. Mais peut-être qu'elle sourit sincèrement pour sa sœur.

Yuigahama l'observe silencieusement.

—Elle essaie encore de m'égaler ou de me rattraper, comme d'habitude…, dit Haruno en regardant l'horizon, l'air mélancolique.

Mais je ressens une certaine inquiétude dans ces mots.

Lire entre les lignes, c'est peut-être une de mes mauvaises manies.

Même si ce n'était pas moi, on peut tout de même sentir quelque chose durant ce court instant.

Les poings de Yuigahama tremblotent légèrement au-dessus de ses genoux.

— Euh…

— Oui ? interroge Haruno d'un air serein devant la mine

inquiète de Yuigahama.

— Haruno, tu… Tu ne t'entends pas avec Yukinon ?

— Si, bien sûr. J'adore Yukinon, répond-elle d'un ton tranchant.

Sa réponse quasi instantanée est alors suivie d'un sourire chaleureux.

Ses mots et sa gestuelle sont sortis avec un timing si parfait que rien ne semblait leur faire obstacle.

C'est exactement ce qui m'a donné l'impression qu'elle contre-attaquait.

Haruno croise ses jambes, puis continue.

— Je ne peux pas ne pas trouver ma petite sœur mignonne alors qu'elle passe tout son temps à me courir après !

Elle passe tout son temps à lui courir après. Je me demande si c'est parce que Yukinoshita perd constamment contre Haruno.

C'est aussi cruel qu'un vainqueur qui narguerait son adversaire en le traitant comme un enfant.

— Et toi, Yuigahama ? Est-ce que tu apprécies Yukino ?

Cette question impromptue la déconcerte un peu. Mais elle lui répond du mieux possible, malgré l'angoisse qui semble saisir sa poitrine.

— Oui… Je l'adore ! Elle est cool, sincère et on peut compter sur elle. C'est vrai qu'elle peut être idiote parfois mais elle est mignonne aussi, et puis quand je la vois manquer de sommeil, ça me fait mal au cœur. J'ai un peu de mal à la comprendre, mais elle est gentille… Et puis… Euh… Hahaha, je dis n'importe quoi…, dit Yuigahama en souriant timidement, tandis que les feux d'artifice illuminent ses joues.

— Je vois… Tant mieux, alors.

L'espace d'un instant, Haruno montre une expression qui pourrait trahir de l'affection. Mais cela ne colle pas tellement à sa personne.

Pourtant, ou bien devrais-je dire : justement, son regard semble être celui du diable, l'instant d'après…

— C'est ce qu'ils disent tous, au début. Mais à la fin, la jalousie prend le dessus et on finit par la mettre à l'écart.

Elle dit ça avec un sourire si mignon que c'en est à la fois repoussant et effrayant.

— Je…, commence à dire Yuigahama sous pression. Je n'ai pas l'intention de la mettre à l'écart.

Elle la fixe du regard, sans jamais se détourner.

Haruno l'accepte, hausse les épaules, puis jette un œil vers moi.

— Hikigaya, tu comprends ce que je veux dire, n'est-ce pas ?

— Oui, à peu près.

Évidemment que j'avais compris.

C'est quelque chose que j'ai souvent vu. Ce n'est pas seulement limité à Yukinoshita, d'ailleurs. Dans un groupe, celui qui excelle se fait exclure. Le clou qui dépasse ne se fait pas frapper. Il est arraché et jeté avant de rouiller sous la pluie, jusqu'à pourrir.

— J'aime ce regard, dit-elle.

Quand je me tourne vers Haruno, nos yeux se croisent. Les siens sont si froids que j'en frissonne. Puis elle se met soudainement à sourire.

— Huhuhu, comme je m'y attendais, tu es quelqu'un de bien, Hikigaya. J'aime bien quand tu philosophes bizarrement pour abandonner aussitôt.

Ce qu'elle me dit est loin de ressembler à des éloges.

Vu que ses paroles ont toutes un sens caché, je ne peux ni comprendre ni me méprendre.

Je ne peux pas faire confiance à quelqu'un d'aussi abstrait. C'est comme dire « j'aime ça » et « j'aime ça, comme le reste… », c'est pas du tout pareil. Source : moi quand j'étais en primaire. Je ne suis pas du genre à tomber dans le piège d'une telle description.

— Et toi, Hikigaya, tu aimes Yukino ?

— Ma mère m'a toujours dit de garder ça pour moi.

Haruno rit joyeusement en entendant ma réponse.

Le festival des feux d'artifice se calme à mesure que la nuit s'avance.

Un voile doré descend dans le ciel.

De magnifiques applaudissements sont offerts à la dernière pluie dorée du festival.

— Bon, c'est fini, dit Haruno en se levant. Je vais rentrer avant qu'il n'y ait trop de monde.

Elle nous demande ce qu'on compte faire du regard. Yuigahama se lève en réponse puis se tourne vers moi.

— On rentre ?

— Oui.

Mes cheveux se dressent sur ma tête rien qu'en nous imaginant immobilisés par la foule. Suivre Haruno en décidant de rentrer immédiatement me semble être la meilleure option.

On commence ainsi à marcher tous les trois ensemble.

Une fois sur le chemin menant au parking près de la zone payante, on devrait pouvoir sortir en évitant les bousculades.

Une voiture de location s'approche alors de nous.

C'est Haruno qui l'a appelée ? Ou un chauffeur de premier ordre qui a anticipé le coup ?

La voiture s'arrête le long du trottoir sur lequel on marche.

— Je peux vous déposer si vous voulez ?

— Eh bien, je…

Yuigahama me regarde comme si elle s'en remettait à la justice.

Je jette un coup d'œil à la voiture de location sans lui répondre. Elle me dit quelque chose. Je ne confonds sans doute pas. C'est cette voiture…

— Tu peux chercher, il ne reste aucune égratignure, dit Haruno en gloussant.

Devant notre silence, elle arrête de sourire.

— Tiens ? Yukino ne t'a rien dit ? Je me demande si je l'ai contrariée…, dit-elle d'une voix pleine de regret.

Elle n'a pas l'air de mentir, mais l'ambiance est lourde.

— Dans ce cas… Je m'en doutais…

J'entends le petit murmure de Yuigahama.

Je devine facilement ce qu'elle va dire. Comme je m'en doutais, Yukinoshita est au courant.

Est-ce que notre réaction serait inattendue ?

— Ah, mais ne te méprends pas. Yukino n'a rien fait de mal, ajoute Haruno pour sauver les apparences.

Ça… Je le sais. Jusqu'à maintenant, Yukinoshita n'a rien fait de mal, car elle essaie d'être toujours honnête.

— La pauvre n'était que passagère, elle n'a rien fait de mal du tout. Ça te convient, Hikigaya ? demande Haruno pour vérifier.

C'est la première fois que j'en entends parler, mais ça ne change rien finalement. Quelle que soit l'implication de Yukinoshita, les faits sont là.

— Je suppose que oui. De toute façon, ce n'est pas elle qui a causé l'accident. Elle n'a rien à voir là-dedans.

Ma voix est plus froide que je ne le pensais. Malgré la chaleur tropicale de la nuit, ma température semble chuter.

J'entends soudainement le claquement d'une geta. D'un seul pas, une présence s'approche de moi. J'arrive tant bien que mal à relever la température de ma voix, comme si on me donnait un coup de pouce.

— Et puis, c'est déjà de l'histoire ancienne ! J'évite de ressasser le passé, ma vie serait vraiment sinistre, autrement…

J'ai l'impression que la température a encore baissé. Fichus traumatismes, on les sous-estime trop souvent.

— Je vois. Tant mieux si tu le prends comme ça, dit Haruno d'un air exagérément soulagé.

L'ambiance s'adoucit.

— Bon, on va rentrer…

— D'accord.

Elle nous laisse alors partir sans chercher à nous retenir davantage.

Pressentant la fin de la conversation, le chauffeur ouvre la portière. Haruno le remercie d'une petite voix et monte dans la voiture de location.

— À bientôt, Hikigaya, dit-elle en me saluant de la main.

Elle a beau dire, j'aimerais éviter de la revoir.Une fois la porte fermée, le chauffeur retourne rapidement à sa place et fait démarrer le véhicule.

Yuigahama et moi recommençons à marcher sans dire un mot. On a peut-être besoin d'un peu de temps avant de pouvoir dire quelque chose.

* * *

Bien que nous soyons partis tôt des lieux de l'évènement, d'autres personnes ont eu la même idée, si bien que la gare est déjà bondée.

Avec l'affluence du festival, le train arrive un peu en retard. Une fois montés à l'intérieur, on reste debout près de la porte en constatant qu'il n'y a aucune place assise.

La station suivante est la plus proche de la maison de Yuigahama. Quant à moi, je descends trois stations plus loin. On n'est pas si éloignés.

En moins de cinq minutes, le train annonce l'arrivée à son arrêt.

— Dis…, commence soudainement Yuigahama, alors qu'on était muets comme des carpes.

Je la regarde pour répondre à son appel, et après un petit moment…

— Hikki… C'est Yukinon qui t'en a parlé ?

Elle connaît la réponse à cette question, mais elle est du genre à demander sans raison.

— Non, elle ne m'en a pas parlé.

— D'accord. Ah, je… Ah.

Le train s'arrête soudainement. Les portes s'ouvrent, laissant pénétrer l'air lourd de la nuit.

Yuigahama se demande si elle doit rester avec moi ou descendre du train. Mais la sonnerie indiquant la fermeture des portes retentit.

Pas le temps de réfléchir. Je descends alors du train en soupirant. Yuigahama m'emboîte le pas.

— Ça ira si tu descends ici ? demande-t-elle l'air surpris.

— Ce serait ennuyeux que notre conversation s'arrête là… C'était quoi ce timing ? Il est volontaire ?

— N… Non ! J'avais seulement du mal à parler !

Son excuse précipitée lui donne l'air sincère.

Quelle tacticienne. Yuigahama cache bien son jeu.

— Je vais te raccompagner…

— Merci…, dit-elle.

On dirait que sa maison n'est pas loin de la gare. Mais comme elle n'est pas habituée à marcher avec des geta, notre vitesse n'est pas fameuse.

On peut compter chaque seconde qui passe au bruit de nos pas.

Même si on marche dehors, je ne ressens pas l'humidité et la chaleur de la nuit, sûrement grâce au vent.

— Elle t'en a parlé ? demandé-je en continuant la discussion de tout à l'heure.

Yuigahama secoue la tête calmement.

— Mais tu sais, je pense qu'il y a des choses qu'on ne peut pas dire. Et au mauvais moment, comment dire… Je suis comme ça moi aussi…

En effet, Yuigahama a parlé de l'accident il y a plus d'un an, et c'est là qu'elle m'a tout avoué.

— À s'y préparer ou réfléchir, on finit par remettre les choses à plus tard.

Ça encore, je pense pouvoir le comprendre. C'est même plus facile d'en parler de façon solennelle.

Encore plus quand on parle d'excuses ou de confession. En temps normal, on a surtout la bouche qui s'alourdit. Avec entrain, ça passe mieux.

— Et puis, je me demande si c'est à cause des circonstances avec sa famille que Yukinon n'a encore rien dit, même si je ne connais pas tous les détails… Haruro et les autres me font peur…

Ce n'est pas comme s'ils la protégeaient.

L'environnement qui entoure Yukinoshita est complexe. Non seulement il y a le statut de sa famille, mais aussi sa sœur et sa mère, capables de voir que tout ne tourne pas rond.

Mais à mon avis, il y a autre chose.

C'est ce que je pense, mais de toute façon, ce n'est pas à une tierce personne de s'occuper de ces affaires de famille.

— Il vaut mieux ne pas se mêler de leur VD.

À ma réponse, Yuigahama réfléchit quelques instants.

— VD… Comme la maladie[36] ?

— D'où tu sors des infos comme ça à tout-va ? Je vais te taper.

— Tu parlais vraiment de la maladie ?

Je parlais surtout de *vie domestique*.

36 Yuigahama pense au sigle *Denereal Disease* (maladie vénérienne).

— Bon, est-ce qu'on peut faire comme si on ne savait rien de cet accident et de sa famille ?

Si possible, je préfère garder ça sous le tapis. Si Yukinoshita ne veut pas s'en mêler, alors moi non plus.

On ne peut pas se comprendre. Et si on faisait semblant, ce serait d'autant plus fâcheux. L'indifférence est parfois synonyme de bienveillance.

Quand nos gros bagages se défont sous une averse, ou quand un professeur nous gronde devant toute la classe, on veut juste rester seul.

Venir nous parler gentiment ou familièrement n'aide pas du tout, loin de là. Ils devraient savoir que c'est plus blessant qu'autre chose.

La compassion et la charité ne servent qu'à nous achever, dans ces situations.

— Je me demande si on peut vraiment faire comme si on ne savait rien…, dit Yuigahama en regardant ses pieds, peu convaincue.

Elle s'arrête. Puis je m'arrête à mon tour pour rester à sa hauteur.

— Je ne crois pas que l'ignorance soit une mauvaise chose. Plus on en sait, et plus ça pose des problèmes.

Le savoir n'est qu'une charge à risque. On peut tout à fait devenir heureux en restant ignorant. Ce qu'il faut éviter, c'est d'avoir affaire aux sentiments d'autrui.

La vie elle-même n'est qu'une succession de trahisons, et c'est pour ça que les gens se blessent constamment… Tout ça parce qu'on cherche à briser l'harmonie de son prochain.

Quelques secondes de silence s'écoulent alors.

Yuigahama répond à sa manière en réfléchissant durant ce court instant.

— Mais moi, je veux en savoir plus… Je veux qu'on se connaisse mieux et qu'on se rapproche. J'aimerais avoir la force de résoudre nos problèmes.

Puis elle reprend sa marche, comme si elle me guidait.

Je la suis avec un pas de retard.

— Hikki. Si Yukinon a un problème, tu l'aideras, d'accord ?

— …

Je ne trouve pas de mots pour répondre à sa demande.

Je ne pourrais pas lui répondre, même en prenant des minutes ou des heures.

Pourquoi ? Parce que je n'ai pas envie de m'en mêler. Ce n'est jamais arrivé et ça ne risque pas de changer.

— Je ne crois pas, non.

Tant pis si elle a des problèmes ou qu'elle demande de l'aide.

Devant ma réponse, Yuigahama lève le regard vers les étoiles et tape avec force dans un petit caillou.

— Tu dis ça, mais tu l'aideras quand même !

— T'en sais rien.

Yuigahama se tourne vers moi avant que je ne lui demande sur quoi elle se fonde pour dire ça.

— Tu m'as bien aidée, moi.

— Je te l'ai déjà dit, ce n'était qu'une coïncidence. Je ne savais pas que je t'aidais, ça ne compte pas.

C'est pour ça que les remerciements, la confiance et plus encore, sont tous des malentendus utopiques.

Je ne peux pas approuver une évaluation réalisable par une tierce personne. Juger une action et une personnalité, c'est deux mondes différents. Je n'aime pas qu'on me définisse via ma personnalité mais c'est tout aussi inutile d'établir son avis via une seule bonne action. Par conséquent, le sentimentalisme de Yuigahama est une erreur.

— Ne compte pas sur moi pour ça, tu risquerais d'être déçue.

Voilà pourquoi j'aimerais qu'on ne compte pas sur moi dès le début.

Yuigahama et moi continuons à marcher en maintenant une certaine distance, le claquement de nos pas sur le sol résonnant dans une ville endormie.

La dissonance continue, sans que se comble l'écart entre nos pas quand soudain, il se réduit.

Yuigahama s'étant soudainement arrêtée, je finis par trébucher en avant, si bien que nos corps se rapprochent de manière inéluctable.

En se tournant vers moi, le doux clair de lune l'illumine.

— Tu m'as aidée même s'il n'y a pas eu d'accident. Et nous voilà ensemble à contempler les feux d'artifice.

— Ce n'est pas ça… Et puis d'abord, je ne t'ai pas aidée.

C'est tout de même absurde de réfuter les faits.

Dans la vie, il n'y a pas de *si*.

Il n'y a que des *et si*.

Malgré ça, Yuigahama secoue légèrement la tête. Je peux voir la lueur des lampadaires dans le coin de ses yeux mouillés.

— Non, ce n'est pas vrai. Tu l'as dit toi-même. Que tu serais tout seul même s'il n'y avait pas d'incidents. Que ça n'avait rien à voir. J'ai le même caractère… Un jour, j'ai souffert, et on m'a emmenée au Club des Volontaires. Et c'est là que je t'ai rencontré.

Ce conte bleu potentiellement réalisable étant étrangement lié à la réalité, je ne peux pas facilement le nier ni le contredire. Est-ce que l'architecture de notre relation serait différente si Yuigahama, Yukinoshita et moi nous nous étions rencontrés autrement ?

Tandis que j'y réfléchis, Yuigahama continue d'une voix passionnée.

— Puis si c'est toi, tu pourrais résoudre un problème avec tes solutions alambiquées. Je suis sûre que tu me sauverais encore, s'il le fallait. Et puis…

Un bruit retentit.

C'était moi ou elle ? On dirait un bruit à couper le souffle ou des pulsations, peut-être.

Le silence s'installe un moment.

Comme le fait qu'elle soit constamment interrompue me préoccupe, je lève mon regard et tombe sur celui de Yuigahama.

— Et puis, je suis sûre que…

Bzzz.

J'entends une vibration étouffée. C'est le son d'un téléphone.

— Ah…

Yuigahama jette un œil vers le petit sac qu'elle porte sous le bras mais décide de continuer sa phrase en ignorant les vibrations du portable.

— Je…

— Tu ne décroches pas ? demandé-je en lui coupant la parole.

Yuigahama baisse la tête puis regarde son sac avant de le serrer dans sa main. Son portable rapidement attrapé, elle arbore un sourire gêné.

— C'est ma mère… Désolée, je reviens…, dit-elle en reculant de quelques pas avant de décrocher. Oui, Oui. Je suis près de la maison, déjà. Oui, d'accord. Hein ? Oui, ça ira ! Non, c'est pas la peine ! Je suis bientôt rentrée, je t'ai dit !

Yuigahama déverse un flot de paroles, puis raccroche. Elle fixe alors son portable quelques secondes avant de le ranger.

— Tu peux me laisser là, j'habite juste à côté. Merci de m'avoir raccompagnée et à… à bientôt !

— Ça ira… ?

— Oui, oui. Bye-bye, bonne soirée, dit-elle en me faisant au revoir de la main.

Je lui réponds par le même geste.

— Oui, à…

Yuigahama se hâte de rentrer sans même prendre le temps

d'écouter ma réponse jusqu'au bout. La voir trébucher m'inquiète un peu mais je la regarde disparaître dans la résidence la plus proche sans encombre, avant de repartir à mon tour.

En passant par le quartier fréquenté, l'effervescence du festival se fait encore ressentir. Des ivrognes et des groupes de jeunes, filles et garçons confondus, batifolent.

Je poursuis jusqu'au bout de la rue afin de les éviter, puis continue ma route calmement. La foule et le tumulte s'éloignent peu à peu.

Les passants et les grands bâtiments s'amenuisent tandis que les voitures accélèrent. Les phares des véhicules venant en sens inverse m'aveuglent, tant et si bien que je détourne les yeux en m'arrêtant.

Mais ça ne dure qu'un temps.

Je dois continuer à regarder devant moi.

7

Quant à **Hachiman Hikigaya**…

Seul le calendrier affiche la fin imminente de l'été.

Le dernier jour de ces vacances touche à sa fin. Demain, l'école reprend. Les cigales crient, crient, crient, crient, et criiiiiiiiiient encore. Vu la chaleur, l'automne risque de prendre son temps.

Le dernier soleil de l'été se couche. Tout en observant ses ultimes lueurs, je prépare mon sac pour la reprise sans oublier d'y fourrer mes devoirs depuis longtemps terminés.

Dans le tas, je tombe sur la recherche libre de Komachi. On dirait qu'elle s'est mélangée avec le reste une fois qu'elle l'a eu recopiée.

Je relis ce rapport sur les tests de flamme.

C'est grâce aux tests de flamme que les feux d'artifice sont colorés.

Si on jette des métaux ou du sel sur une flamme, celle-ci prendra une couleur particulière. La manière dont on la voit se transformera selon l'élément touchant la flamme.

Aussi étonnant que cela puisse paraître, les gens sont pareils.

Quand une personne interagit avec une autre, une certaine réaction se produit.

Les couleurs varient. Si on change au contact d'autrui, la réaction différera également. Les couleurs changeront du tout au tout, tout comme des feux d'artifice aux couleurs variées.

Par exemple, Saki Kawasaki a dit qu'il serait difficile de l'approcher.

Mais en se tenant à l'écart de ceux qui nous entourent, il est impossible de nouer une amitié, même si ces derniers nous ressemblent. D'un autre côté, la distanciation est peut-être la meilleure forme de communication pour ces gens-là.

Prenons Taishi Kawasaki, il l'a regardée, et l'a évaluée comme jolie mais effrayante.

Quant à moi, les mots me manquent pour la décrire en surface. Mais d'un point de vue extérieur, elle règne au sommet des mers gelées.

Yoshiteru Zaimokuza, lui, a constaté qu'elle blesse les autres sans ménagements avec son franc-parler.

On peut considérer avoir marqué un point si on se prend en compte que ça. Mais qu'elle y mette des ménagements ou non n'est pas un problème de volonté. Après, j'imagine qu'elle ne sait pas communiquer autrement.

Quand Saika Totsuka l'a rencontrée, il a dit qu'elle était sérieuse et sincère.

En effet, elle est bel et bien ce genre de personne. Fidèle à des principes qui vont parfois trop loin. De plus, ils sont conformes à sa justice intérieure.

Quand Komachi Hikigaya est entrée en contact avec elle, elle a ressenti une certaine solitude.

C'est sûrement dû à sa vie en solitaire et à son statut de laissée-pour-compte. Évidemment, il ne s'agit là que d'un jugement personnel. Personne ne connaît le fond de sa pensée, et c'est peut-être aussi son cas.

À l'inverse, Shizuka Hiratsuka croit qu'elle est gentille et souvent juste, après l'avoir longuement observée.

Elle a expliqué qu'elle a du mal à vivre dans ce monde à cause de son manque de gentillesse et son injustice. Mais en effet, quasiment tout son environnement s'est changé en fardeau. Son seul salut résiderait peut-être en la présence d'un *ami*. Toutefois, la présence de plusieurs dizaines, si ce n'est plusieurs centaines d'amis ne ferait que l'accabler…

Malgré ça, Haruno Yukinoshita, qui vit avec elle, n'y accorde qu'un sourire.

C'est non sans un sourire cruel qu'elle décrit sa lamentable petite sœur adorée comme une ombre ne sachant que lui courir après. Un statut qui l'empêche par conséquent d'être la favorite. Entre ses amis, sa famille, ses proches ou bien son destin, j'ignore qui devrait la favoriser, mais une chose est sûre, c'est que la puissante Haruno Yukinoshita peut se permettre de la trouver pitoyable. Pour ma part, je ne l'ai jamais pensé une seule fois.

Yui Yuigahama par contre, lui hurle son amour, ayant toujours été à ses côtés.

Elle ne ménage pas ses mots, et malgré des lamentations puériles ici et là, sa déclaration est si belle que je n'en connais pas de meilleure. Il reste néanmoins un mur qui les sépare, ce qui la conduit à vouloir le soutien de gens comme moi, uniquement pour se rapprocher de Yukino.

En parlant de moi, d'ailleurs…

Serait-ce parce que je n'ai encore rien vu à son sujet ?

Il y a bien des moments où je peux comprendre ses actions et sa mentalité. Mais ça ne veut pas dire que je comprends ce qu'elle ressent.

Je peux le deviner car nos environnements et nos positions se ressemblent, mais ce n'est toujours qu'une approximation.

Les gens ne voient que ce qu'ils ont envie de voir.

Aussi, je pense que je vois seulement les choses qui me ressemblent.

La solitude, les principes, le détachement et l'abstraction de toute empathie, ce sont là des attraits surhumains que j'essaie de comprendre et qu'elle possède déjà. Je… Je crois que je voudrais en savoir davantage sur Yukino Yukinoshita.

Elle est toujours jolie et sincère, elle ne ment pas, et exclut même les propos inutiles. Toujours debout, sans le soutien de quiconque.

Cette image, aussi jolie qu'une flamme bleue gelée, demeure, même engloutie par la tristesse.

Cette version de Yukino Yukinoshita…

Je suis certain d'avoir de l'admiration à son égard.

8

Yukino Yukinoshita s'arrête pendant un court instant

Le 31 août et le 1er septembre.

C'est à la fois un moment qui se succède et un moment sans rupture distincte.

Une frontière entre l'ordinaire et l'extraordinaire.

Quand les jours ouvrés et les jours de repos se croisent, l'histoire d'Hachiman Hikigaya, elle, veut se terminer.

Le monde tombe dans le pire des futurs à cause d'un trop-plein de mauvaise énergie qui s'accumule durant les derniers jours des vacances.

À cause de ça, l'école reprend une fois de plus, aujourd'hui.

Le chemin que j'emprunte chaque jour à vélo est de nouveau aussi encombré qu'il y a deux mois. Et plus je m'approche de l'école, plus les rues s'animent et deviennent bruyantes. La plupart des gens parlent sans doute de la fin des vacances d'été. Tout le monde marche à petite allure.

Moi aussi je reconnais un ou deux visages rien qu'en allant au lycée depuis plus d'un an. Mais je ne fais que les reconnaître.

Quand je croise Tobé ou Ebina, on ne se parle pas, sans parler de salutations.

C'était sûrement pas le meilleur été qu'on ait passé, surtout qu'on a discuté seulement pendant les camps de vacances. Que ce soit à l'intérieur ou à l'extérieur de l'école, un sentiment de distance règne quand on se rencontre.

Tout ça est clair pour moi.

C'est aussi la raison de mon silence quand je croise une connaissance, à commencer par Kawasaki.

Évitons de faire comme des sans-gêne qui tapotent l'épaule de simples connaissances ou qui complimentent le bronzage de filles dont ils ne connaissent même pas la couleur naturelle. C'est certainement plus sincère.

Je ne sais pas s'ils pensent comme moi, mais il y a de nombreuses personnes silencieuses devant le portail de l'école.

À la vue d'un ami, leur visage se met à briller de bonheur.

Sûrement parce qu'ils aiment être reconnus.

Rentrer dans le moule, se sentir demandé, ça doit les réjouir.

Paradoxalement, voilà pourquoi je n'ai pas besoin de confirmer cette situation du moment que je me reconnais pour ce que je suis.

On peut même dire que la solitude et l'isolement établissent mon moi véritable.

Je m'aime beaucoup quand je réfléchis à tout ça. *T'es le meilleur, Hachiman !*

J'assouvis mes désirs de compréhension et me nourris d'autosatisfaction. Attention à l'overdose, cela dit. Serait-ce moi qui ne peux plus offrir d'amour ? Tout serait plus clair... Serais-je Dieu ?

Je marche le long du corridor en songeant à ces bêtises (le monde appelle cela philosophie).

Me voilà dans les locaux où j'ai déjà passé la moitié de ma vie de lycéen.

Une scène familière, mais que j'oublierai un jour ou l'autre.

Au milieu de l'obscurité, je découvre la silhouette d'une personne que je ne risque pas d'oublier.

Personne ne peut approcher cette aura impressionnante, déployée sous la chaleur du soleil dont les rayons pénètrent les vitres installées au-dessus des escaliers.

Yukino Yukinoshita.

À l'instant où je pose le pied sur la première marche, elle se retourne en réalisant ma présence.

— Tiens, ça fait longtemps.

— Oh, voilà bien longtemps qu'on ne s'est pas vus.

Les paroles d'une personne plus haut placée ne me font plus grand-chose.

Yukinoshita grimpe les escaliers au même rythme que moi, comme si elle ajustait sa cadence à la mienne, maintenant ainsi notre distance de deux pas comme d'habitude.

— Hikigaya ?

J'entends sa voix venant d'un dos qui ne se retourne pas. Je lui réponds en bougeant seulement ma tête.

Quand elle comprend que les quelques secondes qui suivent sont ma réponse, elle continue :

— Il paraît que tu as rencontré ma grande sœur.

J'entends la voix de Yukinoshita même si des élèves montent et descendent les escaliers bruyamment.

— Ouais, on s'est rencontrés par hasard.

Comment était ma voix ? M'a-t-elle entendu correctement ?

On arrive en haut des escaliers avant que je ne puisse le confirmer. Nous voilà dans le couloir menant aux classes des premières.

À gauche se trouvent les classes du groupe J, auquel appartient Yukinoshita, et celle du groupe I. À droite, ce sont les classes du groupe A à H.

Notre distance se réduit. Yukinoshita s'arrête.

— Dis…

— Est-ce que le club reprend aujourd'hui ?

Je dépasse Yukinoshita puis me retourne à moitié.

Cette dernière ne trouve plus ses mots, confuse comme je l'ai rarement vue.

— Je, oui... C'est ce que, je voulais demander...

— D'accord. On se voit tout à l'heure, dis-je tout en reprenant ma route.

Je sens le regard de Yukinoshita dans mon dos et devine qu'elle s'est montrée pleine de prévenance en se retenant de dire quelque chose. Mais je ne peux pas m'arrêter.

En passant devant chaque salle de classe, la vivacité des retrouvailles se fait ressentir.

La classe du groupe F n'y fait pas exception. J'entre sans que personne ne me remarque.

J'en suis intérieurement soulagé. Tant mieux, rien n'a changé chez moi.

Je m'aime.

D'ailleurs, je ne crois pas m'être détesté une seule fois jusqu'à maintenant, qu'il s'agisse de mes grandes compétences, mon visage sympathique et indécis, ou ma manière de penser réaliste mais pessimiste.

Pourtant, ça risque bel et bien d'arriver pour la première fois de ma vie.

Je fonde des espoirs vides de fondements, je détermine mes idéaux égoïstement, je fais mine de comprendre ce qui m'arrange, et je me mens comme je l'entends. Tout ça pour que, malgré d'innombrables réflexions, je reste incorrigible.

Yukino Yukinoshita ment.

L'évidence est là mais je n'arrive pas à l'admettre, et ça, je n'arrive pas à me le pardonner.

Postface

Bonjour, c'est Wataru Watari.

Nous voilà enfin à la fin de l'été. C'était la meilleure saison pour rester enfermé chez moi à regarder des animes et à lire des mangas dans ma chambre avec l'air conditionné allumé.

Nope, c'est pas vrai du tout ! Je ne suis qu'un maniaque de la santé qui ne sort pas afin de diminuer les risques de choper un cancer de la peau en évitant de m'exposer aux rayons du soleil. Alors je n'ai pas pour intention d'aller m'amuser dehors.

Non mais faites vraiment attention. On parle des vacances d'été après tout, si vous ne vous reposez pas gentiment à la maison, vous risqueriez d'atteindre un niveau de vraie dangerosité de manière légale.

Et quand je dis que c'est dangereux, je veux dire que l'été est plein de dangers. Non seulement il y a la mer, mais il y a aussi les montagnes, les rivières et la richesse... Yutaka Yamakawa était un chanteur d'enka.

Il y a encore plein d'autres dangers. La piscine, les salles d'arcade, les centres commerciaux, les rues commerçantes, les trains, les entreprises, et aussi les entreprises, et puis les entreprises. Sans oublier les entreprises. Et puis il y a aussi les entreprises.

En prenant le train, j'ai aperçu des groupes de jeunes qui allaient à Tokyo Disneyland. Et quand je suis rentré chez moi en somnolant et en m'accrochant aux poignées, j'ai vu un couple qui portait des oreilles de souris.

En voyant ça, j'ai réfléchi à plusieurs choses. Je me suis demandé comment était ma vie à l'école, pourquoi je travaille, pourquoi je dois travailler, pour quelles raisons je travaille. Je me pose beaucoup de questions.

Ces temps-ci, ma moyenne de sommeil est d'environ trois heures. Mais le script du volume cinq est désormais terminé, alors je vais être libéré de ce mode de vie pendant un petit moment. Adieu à ce mode de vie…

Adieu à cette vie où je ne dormais que trois heures par jour !

Bonjour à cette vie où je ne vais dormir que douze heures par jour !

Et alors… ?

Oui, ce n'est qu'un cri de joie pour tous ceux qui attendent mon travail avec une heureuse impatience… Comment dire… Comme j'ai envie de dormir encore un peu, est-ce quelqu'un pourrait m'entretenir ? Que quelqu'un envoie une lettre au département GaGaGa Bunko de Shôgakukan s'il vous plaît. J'attends.

Beaucoup d'entre vous doivent s'inquiéter en pensant que je mène une dure existence ; j'adore travailler et écrire, alors tout va bien. Je, comment dire… Je ne suis pas en train de dire quelque chose comme : « Ah, je n'aime pas du tout travailler ! C'est… C'est sérieux ! », ce n'est pas du tout ça, alors tout va bien…

Je dois encore faire de mon mieux !

Au fait, c'est déjà annoncé sur la bande qui entoure ce livre, mais *My Teen Romantic Comedy SNAFU* est adapté en anime ! Hourraaa !

Auparavant, je me disais : « J'ai reçu le premier prix alors qu'il est à la dernière place en termes de ventes », « pourquoi un premier prix alors qu'il ne se vend pas, je ne comprends pas, et d'ailleurs, c'est quoi un premier prix ? », « l'arme conceptuelle qui peut détruire le concept de premier prix, c'est Wataru Watari, le Logical Meltdowner ! » Et maintenant, voilà une série d'animation…

C'est grâce à vous tous que je suis parvenu à en arriver là. C'est grâce à votre soutien que je suis parvenu jusque dans cette zone magique que je n'aurais pu atteindre par mes propres moyens. Merci beaucoup.

Votre reconnaissance et votre joie sont cette force motrice qui m'a permis d'accomplir le volume 5, puis de me permettre d'aller de l'avant avec le volume 6 et les autres à venir. GaGaGa !

Dans ce volume 5, on a pu voir certains points avancer un peu. Son cœur s'est ébranlé un peu, leur monde a avancé un peu, puis a reculé un peu, ça fait du sur place, et même si on se demande jusqu'où ça va aller, ce n'est toujours que son histoire à lui et à lui seul. Bref, que va-t-il se passer dans le volume 6 ?

Dans le prochain volume, je porterai le soutien de tout le monde ! Je vais super compter sur vous, et j'aimerais que vous m'encouragiez au même niveau que ceux qui ont pleuré sur la tombe de Shinran !

Voilà, passons au coin des remerciements.

Cher Dieu Ponkan8. Tu as travaillé sur ce volume tout en t'affairant à bien d'autres projets, tu es un grand touche-à-tout ! Tu as fait du bon travail. On a enfin une couverture avec Totsuka ! Hourra ! Merci beaucoup !

À mon responsable, M. Hoshino. Ah, je… je suis, vraiment, dé… désolé… Non, ce n'est pas ce que vous croyez, c'est… ah, mais si j'en dis plus, ça va ressembler à des excuses… En… En tout cas, merci beaucoup !

À Watari Wataru. Merci pour le magnifique commentaire que je n'imaginais pas voir apparaître sur la bande autour du livre et qui a été soudainement proposé aux responsables éditoriaux ! C'est quoi le délire ?!

Aux auteurs. Merci de m'avoir donné un alibi quand on est allés boire un coup alors que mon dernier délai était sur le point de déchirer une galaxie. J'ai pu faire le nécessaire avec mon responsable.

Je compte sur vous pour la prochaine fois.

Enfin, à tous mes lecteurs. Merci encore pour vos encouragements. Chaque fois que je reçois vos commentaires et vos opinions chaleureuses, mon sommeil, mon lumbago et ma fatigue se dissipent. C'est comme une drogue. Beaucoup de choses vont encore se passer dans cette histoire, mais je serais heureux de recevoir vos fidèles encouragements inchangés. Merci beaucoup. Je compte sur vous pour la suite de l'aventure.

Bien, je pose désormais ma plume.

Un certain jour du mois de juin. Quelque part dans le département de Chiba. Tandis que je me punis d'avoir eu une pensée d'une saveur plus délicieuse que celle d'un Max Café.

Wataru Watari

YAHARI ORE NO SEISHUN LOVE COME WA MACHIGATTEIRU. 5
by Wataru WATARI

Illustrations by PONKAN⑧

Original Japanese edition published by SHOGAKUKAN.
French translation rights arranged with SHOGAKUKAN
through VME PLB SAS.

Dépôt légal à parution
ISBN 978-2-37302-071-7

Directeur de collection : Louis-Baptiste Huchez

Traduction : Nicolas Gouraud
Adaptation : Valentin Dubois & James Thammaxoth
Correction : Laurence Michel

E-mail : contact@ofelbe.com
Loi n° 49-956 du 16 juillet 1949 sur les publications destinées à la jeunesse.

Achevé d'imprimer en CE
Imprimé par L.E.G.O S.p.A en Italie en juin 2023.

VACANCES D'ÉTÉ
« Ah, je me demandais si vous pouviez vous occuper de Sablé durant mon voyage… ? »
Yui Yuigahama

My Teen Romantic Comedy is wrong as I expected
Yui
Yuigahama